Michel HATON

L'Alliance

Polar

Note d'intention
Je n'ai volontairement pas situé géographiquement l'action dans cette histoire. En lisant ce livre, le(la) lecteur(trice) pourra spontanément se projeter dans sa propre ville, ou dans un lieu de son choix du simple fait de son imagination. Il va automatiquement retrouver des endroits qu'il connaît, auxquels il va identifier les lieux où se déroulent cette histoire. Ce qui fera vivre aux personnes qui lirons ce livre, une expérience nouvelle et unique.

© 2020 Michel Haton
Éditeur : BoD-Books on Demand
12-14 rond-point des Champs-Élysées, 75008 Paris
Impression : Books on Demand, Norderstedt, Allemagne

Conception et photo de couverture : © Michel Haton

ISBN : 978-2-322237722
Dépôt légal : Juillet 2020

CHAPITRE I

Un avion de ligne en phase d'approche s'alignait sur la piste d'atterrissage brulante, chauffée par plusieurs jours de canicule. Les roues, dès leur contact au sol, donnaient l'impression d'avoir pris feu en dégageant un formidable nuage de fumée. L'énorme Airbus, en provenance des Bahamas, freinait en actionnant les aérofreins en vol pour atterrir, et opérait une inversion de poussée au sol, avant de rouler sur le tarmac. Avant même que l'avion ne soit garé, on sentait déjà l'excitation des passagers pour sortir de la carlingue sans attendre l'arrêt définitif des réacteurs de l'appareil. Certains remettaient leurs chaussures enlevées comme souvent dans les vols de nuit. Le concert des cliquetis libérateurs des ceintures, donnait le signe d'une certaine effervescence et de l'envie de pouvoir bouger un peu en récupérant les bagages à main dans le brouhaha annonciateur d'une libération prochaine. La plupart des passagers étaient déjà debout alors que la chenille avançait dans la travée, doucement d'abord, pour accélérer en suite. Salutations de l'équipage et des hôtesses avant de débarquer, en différentes langues, et engagement dans la passerelle libératrice en accélérant le pas. À peine dans l'aérogare, les passagers se dirigeaient d'un pas alerte vers le tapis roulant où ils attendaient de retrouver leurs valises, avec toujours la même petite pointe d'appréhension. Un groupe de quatre hommes se détachait pourtant du reste des voyageurs. Leurs bagages récupérés, ils se rendaient à la cafétéria de l'aéroport pour prendre place autour d'une table.

Celui qui semblait être le chef de la bande s'adressa aux trois autres après avoir commandé des consommations.
— Bon. Il va falloir se refaire, les gars.
— Oui, mais comment ? répondit Charles.
— En trouvant déjà un boulot peinard comme couverture, dit David.
— Il va falloir être discrets ! Et surtout éviter les cercles de jeux pendant un certain temps, ce qui va être difficile pour nous mais nécessaire, ajouta Alexandre, dit Alex.
— Le mieux est de se séparer. On aura plus de chances de trouver du boulot. Et c'est moi qui vous recontacterai, décida Jules. Il ne faut absolument pas essayer de se joindre avant que je vous appelle, sauf urgence absolue bien sûr. Équipez-vous de téléphones prépayés, on n'est jamais assez prudent.
Les trois hommes approuvaient en opinant du chef. Ils trinquaient en rêvant de leur retour dans des iles paradisiaques, et en se remémorant quelques bons souvenirs.

La conversation continua, ponctuée de rires.
— Quand même, quand j'y pense, quel coup ! reprit Charles.
— Quel super coup, tu veux dire ; un coup qui n'arrive qu'une seule fois dans la vie d'un joueur de poker ! ajouta Jules. Une quinte flush royale de toute beauté ! Je n'en croyais pas mes yeux... et les autres non plus, d'ailleurs ! Personne n'a rien vu venir ! Enfin le jackpot !
Les quatre hommes riaient de concert.
— Oui, et on en a bien profité ! dit David.
— Nos femmes n'ont pas dû comprendre ce qui leur est

arrivé quand on est partis précipitamment et qu'elles se sont retrouvées seules ! rajouta Alex.
— Tu crois qu'elles nous attendent ?
— Tu penses, en dix ans, elles nous ont oubliés et ont refait leur vie !
— Nous aussi, on a refait notre vie… loin d'ici !
— C'est vrai qu'on en a profité à fond ! dit Jules, toujours en riant.
David s'adressait à Charles.
— Tu te souviens de la blonde qui te suivait partout en disant *My love, my love* ?
— Houlà oui ! Quels souvenirs ! Toutes ces femmes plus belles les unes que les autres. Rien que d'y penser, je soulève la table… sans les mains !
Les quatre hommes riaient de plus belle.
— Et celle se prenait pour Marilyn ? Elle n'avait de Marilyn que le nom, pour le reste, on en était très loin ! Surtout ses dents, tu avais peur qu'elle t'arrache la langue à chaque fois que tu l'embrassais !
— Qu'est-ce qu'on s'est bien éclatés quand même !
— Ah oui, c'était le paradis !
— Tu l'as dit, ouais !
— Tu crois que le paradis est aussi luxueux qu'aux Bahamas ? demanda David.
— J'espère bien ! répondit Alex.
Charles reprit la parole.
— C'est vrai qu'on en a bien profité, mais maintenant, on est complètement fauchés. On a eu beaucoup de chance, mais malheureusement elle tourne parfois. Même si on a de quoi tenir quelque temps, cela ne va pas suffire… C'est qu'on est habitués à un certain standing maintenant !

— Mais ne t'inquiète pas, on va se refaire ! rétorqua Jules.
— Bien sûr, dit Charles, mais restons prudents. Il vaut mieux ne pas se faire remarquer. Maintenant qu'on est grillés aux Bahamas, il va falloir se faire oublier un peu...
— T'en fais pas, dit Alex, on sait se tenir et rester discrets. Surtout si c'est pour refaire un gros coup et pouvoir repartir les poches pleines... Et le plus loin possible !
Jules exposa son idée.
— Voilà mon plan : chacun part de son côté pour trouver un boulot et je vous rappelle dans quelques mois pour établir les bases d'un nouveau coup, dont j'ai déjà une petite idée.
— Allez, dis-nous en plus !
— Non, pas tout de suite. Il faut que je prenne quelques contacts et que je mette les choses au point pour être sûr de donner le maximum de chance à notre affaire.
— Ok, dit Charles.
Jules se pencha sur son bagage, l'ouvrit pour en sortir un jeu de cartes.
— De toute façon, j'ai ramené le jeu de cartes avec lequel nous avons gagné ! Notre jeu « spécial », vous me comprenez ! Nos cartes fétiches !
— Avec ce jeu-là, on est sûr de repartir riches ! dit Charles.
Tous les quatre approuvaient en se levant. Ils s'embrassaient et se saluaient en se séparant.
— À bientôt !
— Salut ! répondit David.
Et Jules les salua à sa façon.

— Ciao !
Alex saluait de la main en s'en allant.

Chacun espérait trouver un travail rapidement, retourner à une vie de rêve et fréquenter des hôtels de luxe avec piscine, soleil, cocktails et femmes magnifiques. C'est la vie de rêve dans le plaisir et l'oisiveté, que l'on peut se permettre quand on est riche. Nos quatre joueurs ayant pris l'habitude d'un certain luxe, ils voulaient absolument reprendre leur train de vie. Et ils étaient prêts à tout pour cela. Mais avant de pouvoir se l'offrir, il fallait qu'ils se rendent plus ou moins discrets, voire invisibles, afin que personne n'apprenne leur retour. Ils devaient organiser une nouvelle partie de poker, quitte à tricher un peu, qui leur permettrait de repartir définitivement au soleil.

CHAPITRE II

Charles Bavière, mécanicien de trente-cinq ans, un grand blond avec une calvitie naissante et roi de la débrouille, décida de trouver un travail rapidement, car il était prudent et savait anticiper... surtout qu'il ne lui restait plus grand-chose en poche. Pendant son enfance, élevé par une mère seule, il a appris très tôt à se débrouiller. Il se dirigea donc vers un garage à la porte bleue grande ouverte qu'il avait déjà repérée, parce qu'il se trouvait dans la rue du Barrage, où il avait déniché un petit appartement. Il y voyait surtout le côté pratique d'un travail à proximité de chez lui, qui lui éviterait des heures de transport au quotidien. Il y entra d'un pas alerte, bien décidé à travailler dans le garage Dumont. Il s'adressa à un mécano qui avait le nez dans le moteur d'une voiture américaine.
— Bonjour, j'aimerais voir le patron.
Le mécano, Marcel Gaillard, une petite trentaine, cheveux blonds et yeux bleus est toujours en mouvement. Il avait les deux mains dans un moteur. De la tête, il lui indiqua quelqu'un assis dans un bureau enfumé.
Charles remercia en se dirigeant vers le bureau. Il frappa à la porte et entra.
— Bonjour monsieur Dumont !
— Bonjour, que puis-je faire pour toi, mon gars ?
— Je cherche du boulot !
Le patron du garage, un peu surpris, l'observa par-dessus ses petites lunettes, d'un air dubitatif. Michel Dumont, la quarantaine dégarnie, un reste de cheveux plus ou moins noirs et les yeux noirs, toujours la clope au

bec, se déplaçait avec une légère claudication due à un pied bot de naissance. Ce qui ne l'empêchait pas d'opérer un jeu de séduction auprès des belles clientes, non pas pour avoir une relation avec elles, car il était bien conscient que ses chances étaient minces, mais pour les embrouiller suffisamment, et qu'elles ne fassent pas trop attention aux détails de la facture en effectuant le règlement.

— Qu'est-ce que tu sais faire ?

— Je peux réparer tout ce qui roule ! répondit Charles, sûr de lui et sans aucun trémolo dans la voix.

— Tout ?

— Tout.

Le patron resta un peu perplexe.

— Vraiment tout ?

Charles lui répondit en faisant un geste large avec les bras qui englobait tous les véhicules du garage.

— Tout, tout. Tout ce qui a des roues !

Le patron lui désigna une trottinette posée dans un coin.

— C'est celle de mon petit-fils. Les deux roues sont bloquées. Je n'ai pas encore eu le temps de m'en occuper.

Charles regarda la trottinette en souriant.

— D'accord, je m'en occupe tout de suite, dit-il en sortant du bureau la trottinette à la main.

Il se retrouva dans l'atelier où il y avait accès à tous les outils pour travailler. Charles posa sa veste et s'occupa de la trottinette. Il se démenait pour démonter et remonter l'objet à l'aide d'une grande quantité de dégrippant. Il s'essuyait le front en jurant. Marcel s'approcha et versa du Coca sur les pièces vraiment très grippées.

— Qu'est-ce que tu fais, j'ai déjà mis du dégrippant !
— Le Coca est le meilleur dégrippant qui existe, crois-moi !
Il laissa agir le liquide quelques minutes, avant d'essayer à nouveau.
— Elle est vraiment bien bloquée !
— Elle est complètement grippée ! ajouta Marcel qui le regardait se battre avec l'engin récalcitrant. Elle est restée trop longtemps sous la pluie.
Charles ne voulant pas rester sur un échec, insista pour trouver une solution.
— Je t'aurai, je t'aurai ! dit-il en s'excitant et en s'adressant à la patinette qui résistait.
Après de longues minutes de lutte acharnée et quelques gouttes d'huile, le soda ayant fait son effet, les roues tournaient enfin. Il essaya l'engin en se mettant debout sur la trottinette, se dirigea vers le bureau du patron en savourant sa victoire. Michel Dumont l'observait, debout derrière une fenêtre.
— Et voilà le travail ! Ça marche ! Ça roule ! Je vous l'avais bien dit, rien ne me résiste ! Même pas les deux roues !
Charles faisait des acrobaties dans le garage, juché sur la trottinette, comme un gamin. Ce qui fit sortir Michel Dumont de son local enfumé avec sa cigarette entre les doigts.
— C'est bon, t'es embauché ! Je te prépare le contrat pour demain matin. Va voir Marcel, il te mettra au courant.
— Merci ! Vous ne le regretterez pas !

— J'espère, répondit le patron en repartant vers son bureau la cigarette sur les lèvres, de son rythme indolent.
Il se retourna avant de rentrer dans son bureau, toujours en s'adressant à Charles.
— Tu n'as pas de casier, au moins ?
— J'ai fait quelques bêtises dans ma jeunesse, mais il y a prescription. Quelques petits vols sans gravité. Mais j'ai payé ma dette à la société et je me tiens à carreau depuis.
— Tout le monde a droit à une deuxième chance… mais il n'y en aura pas de troisième ! lui lança Michel Dumont.
— J'ai bien compris le message. Merci pour cette nouvelle chance que vous me donnez. Je saurai m'en montrer digne, je vous le promets.
Michel Dumont prit sa cigarette des lèvres, la tint entre ses doigts et fit un petit rictus de satisfaction. Charles se dirigea vers le fond du garage où Marcel se battait avec un écrou récalcitrant.
— Tu n'as plus de Coca ?
— Non, la canette est vide.
Charles lui prit la clé et desserra l'écrou sans dégrippant, avec une facilité qui le déconcerta. Les deux hommes se regardèrent. Marcel lui tend la main.
— Marcel Gaillard !
— Charles Bavière. Mais appelle-moi Charlie !
— Tu peux m'appeler Marcel, c'est bien suffisant !
Il se dirigea avec son nouveau collègue vers une voiture américaine assez ancienne.
— Il y a une révision à faire sur cette petite merveille !
Une magnifique Ford Mustang de 1968. Moteur 6 cylindres, 200 cv ! Il y en a sous le capot, là !

— Je vais m'occuper de ce petit bijou avec grand plaisir ! Je vais la bichonner, dit Charlie en soulevant le capot de cette magnifique voiture de collection, pour se mettre immédiatement au travail.

CHAPITRE III

Jules Sorel, l'architecte de cinquante-deux ans, grand sec à l'allure sportive, cheveux poivre et sel avait des yeux d'un bleu très clair. Il venait d'un milieu aisé qui lui avait permis de faire ses études d'architecture. Il se dirigeait vers l'immeuble d'un cabinet cossu. Il avait pris un rendez-vous avec un architecte très célèbre dans la profession : Gilles Galland. Jules Sorel entra dans le hall et se présenta à l'accueil avec un large sourire. Il voulait mettre toutes les chances de son côté en paraissant sympathique et motivé pour travailler avec ce bureau réputé. Il salua la réceptionniste avec un grand sourire enjôleur, en fixant bien ses yeux dans les siens pour que le charme opère.
— Bonjour madame !
— Bonjour monsieur ! Que puis-je faire pour vous ?
— J'ai rendez-vous avec M. Galland à 10 heures.
— Oui, qui dois-je annoncer ?
— Jules Sorel.
La secrétaire prit le téléphone, et appuya sur une touche de son standard.
— Bonjour Nelly. Il y a un M. Sorel qui a rendez-vous avec M. Galland à 10 heures.
Elle attendit la réponse un court moment.
— Ok, je te l'envoie !
Elle raccrocha et fixa Jules avec un regard langoureux.
— Monsieur Galland vous attend, Monsieur Sorel. Deuxième étage, porte 12. L'ascenseur se trouve derrière vous.
— Je vous remercie beaucoup.

Il se dirigea vers l'ascenseur pour monter au deuxième étage et toqua à la porte 12, où une petite voix se fit entendre.
— Oui ! Entrez !
Jules ouvrit la porte et entra dans le bureau où il tomba sur Nelly Malot, la secrétaire de Serge Galland, la petite quarantaine, vive et enjouée. Arborant une chevelure rousse avec des yeux verts, elle semblait très dévouée à son patron.
— Bonjour, j'ai rendez-vous avec M. Galland.
— Oui, vous avez été annoncé, Monsieur Sorel. Monsieur Galland vous attend. Je vous en prie, lui dit-elle en se levant, et en désignant une porte.
Nelly Malot toqua à la porte.
— Entrez ! répondit Gilles Galland.
Nelly ouvrit la porte pour annoncer Jules Sorel.
— Monsieur Sorel, votre rendez-vous de 10 heures.
— Oui, merci Nelly.
— Bonjour monsieur Galland, dit Jules hésitant.
— Bonjour Sorel, asseyez-vous, je vous en prie !
Jules Sorel remercia et prit place dans le siège en face du célèbre architecte qui l'impressionnait un peu tout de même à cause de sa réputation mondiale. La soixantaine chauve, lunettes et d'un calme olympien, il accusait une légère surcharge pondérale. Jules posa sa mallette au sol en prenant place sur son siège.
— Qu'est-ce qui me vaut le plaisir de votre visite ?
— Eh bien voilà. Je cherche du travail en France. Après avoir beaucoup voyagé de par le monde, je souhaitais me poser et trouver un travail fixe.

— Je connais votre réputation, Sorel, vous ne devriez pas avoir de problèmes pour trouver du travail. Mais… vous étiez absent longtemps, je crois ?

— En effet, oui. Une dizaine d'années !

— Ah oui, quand même ! Et qu'avez-vous fait pendant tout ce temps ?

— J'avais un gros chantier de complexe hôtelier aux Bahamas.

— Ah, les Bahamas ! Ça ne se refuse pas, en effet ! C'est une chance énorme de travailler là-bas, tous les architectes en rêve. Mais avec votre talent, vous trouverez toujours du travail, là-bas ou ailleurs !

— Oui, mais je connais également votre réputation, et c'est avec vous que j'aimerai travailler aujourd'hui.

Serge Galland sembla dubitatif. Il s'affala sur le dossier de son fauteuil en fixant son interlocuteur qui semblait déterminé. Et il finit par sourire.

— Eh bien soit ! En plus, il se trouve que vous tombez bien ! Et pourquoi pas une collaboration ? Après tout, nous pouvons tout à fait nous compléter. Je vous explique : je suis sur un gros projet d'immeubles de bureaux et vous pourrez m'aider à résoudre pas mal de problèmes techniques sur les chantiers, vu ma difficulté à me déplacer maintenant.

Il sortit de derrière son bureau en poussant sur les roues de son fauteuil roulant. Jules, le regarda, surpris.

— Eh oui, il a suffi d'une compression de la moelle épinière par une vilaine hernie discale, et me voilà paraplégique. Cela m'est arrivé il y a quelques mois, mais j'ai toujours du mal à l'accepter, même si je sais que je ne pourrai plus jamais remarcher. Mais je pense qu'il va

falloir que je m'y fasse, je n'ai pas vraiment le choix... Ce sont des choses qui arrivent, malheureusement.
Jules Sorel se lève et les deux hommes se serrent la main.
— Disons... demain 9 heures ! Nelly aura préparé le contrat d'ici là. Nous discuterons bien sûr de ses modalités, pour voir s'il vous convient, et je vous mettrai au courant du projet dans les détails.
— D'accord... Merci... Je vous fais confiance. À demain ! répondit Jules encore sous l'effet de la surprise.
Il ne s'attendait vraiment pas à ça. Il comprit mieux le sens de la complémentarité dont Gilles Galland parlait quelques minutes avant. Jules Sorel sortit du bureau et passa par celui de la secrétaire, en faisant un grand sourire à Nelly qui lui rendit. Il prit la direction de la sortie de l'immeuble en traversent le hall où il sourit à nouveau à la réceptionniste en la saluant, et se retrouva dans la rue.
— Je suis content d'avoir réussi, mais je vais tout de même avoir besoin d'un verre. Pour célébrer le succès de ma démarche d'une part, et pour me remettre d'une journée pleine de surprises et d'émotions, se dit Jules.
Il rentra dans son appartement et après le choc de ce bouleversement, il s'installa dans son fauteuil, se servit un verre de son vin blanc de Savoie préféré, un Chignin, vin blanc structuré avec des senteurs de fruits. Jules se dit que la première phase de son plan avait réussi. Il allait travailler avec Gilles Galland, et en plus, il se trouvait seul sur place pour inspecter les immeubles de bureaux du projet. Il allait bien sûr en profiter pour mettre en place la deuxième phase du plan à savoir trouver un en-

droit discret pour organiser une nouvelle partie de poker qui allait leur permettre de se retrouver dans un nouveau paradis, les poches bien pleines.

CHAPITRE IV

Après avoir essayé de se faire embaucher dans plusieurs cliniques privées sans succès, David Pallas, l'ambulancier de vingt-huit ans, petit trapu et musclé, très nerveux avec des yeux bleus et les cheveux noirs, commençait à désespérer. Toute sa famille étant dans le médical, il avait une voie toute tracée. Il décida de tenter sa chance dans le plus grand hôpital public de la ville, en espérant réussir à y trouver un emploi, même si le salaire y était moins élevé. La chance était avec lui ce jour-là, car il y avait dans le hall d'entrée, un panneau CHERCHE D'URGENCE UN AMBULANCIER H/F. Quelques personnes faisaient déjà le pied de grue dans le hall de l'hôpital. Au bout d'un moment d'attente, une porte marquée *Direction des Ressources Humaines* s'ouvrit et laissa apparaitre une femme blonde en blouse blanche.
— Pour le poste d'ambulancier ? dit-elle en parlant énergiquement.
Plusieurs personnes répondirent oui en chœur. Un homme se leva.
— Je vous en prie, entrez.
Un homme entra dans le bureau. Les autres qui attendaient se regardaient sans rien dire, tout en espérant obtenir le poste. Dans leurs discussions, chacun essayait de connaitre l'expérience des autres, pour évaluer leurs chances de décrocher le poste. La porte s'ouvrit à nouveau et le concurrent précédent sortit sans un sourire. David pensa alors avoir une chance.
— Personne suivante ?
Une autre personne entra dans le bureau et y resta un peu plus longtemps que le précédent, ce qui inquiéta

David. Il se dit qu'il fallait absolument qu'il réussisse à avoir ce poste, sinon, cela allait devenir problématique, vu que son magot fondait comme neige au soleil. D'autant plus que de nouveaux candidats prenaient place dans le hall en vue d'obtenir ce même poste. La porte s'ouvrit à nouveau, pour laisser sortir le candidat.
— Personne suivante ?
Après le défilement de plusieurs personnes qui ne restèrent pas très longtemps, David se leva à son tour, pénétra à l'intérieur et s'installa au bureau. La personne chargée du recrutement demanda à David son curriculum vitæ qu'il s'empressa de lui donner. Elle le lut avec attention, avant de réagir.
— De tous ceux qui se sont présentés, vous êtes celui qui me semble avoir le plus de compétences pour ce poste. Vous avez également une formation pour les premiers soins, ce qui est un plus. J'ai vu des gens qui n'avaient aucune expérience en milieu hospitalier, des boulangers, des ouvriers du bâtiment, des comptables, même un boucher, et qui ont tout de même tenté leur chance. Beaucoup d'entre eux sont sans emploi ou en fin de droits, ils tentent leur chance dans n'importe quel travail leur permettant de vivre ou de survivre. Mais nous avons besoin d'un professionnel, car nous n'avons pas le temps de former quelqu'un. Vous, par contre, avez une longue expérience dans des établissements de soins qui demandent beaucoup à leur personnel. Vu l'urgence de la situation, je pense que vous pouvez convenir. Quand seriez-vous disponible, monsieur Pallas ?

— Tout de suite, si vous voulez, répondit David avec un grand sourire.
— Je vous propose de commencer demain à 8 heures, pour une période d'essai d'un mois. Cela vous convient-il ?
— Évidemment, répondit David tout excité. Vous verrez, vous ne serez pas déçue.
— J'y compte bien. Vous connaissez la grave situation de l'hôpital public, donc…
Elle prit le téléphone pour appeler une personne qui ne tarda pas à entrer dans le bureau.
— Vous pouvez suivre Clovis, qui va vous mettre au courant. Ce sera votre binôme.
Les deux hommes se saluent en se serrant la main. Clovis grand baraqué en blouse blanche, dépassait David d'une bonne tête, mais on pouvait lire la gentillesse sur son visage souriant.
— David.
— Moi, c'est Clovis. On y va ?
— Je te suis.
Avant de sortir de la pièce, David se retourna vers la femme blonde, pour la remercier à nouveau.
— Merci beaucoup, madame !
Elle lui répondit avec un sourire. David ressortit du bureau avec Clovis. L'employée des ressources humaines sortit décrocher le panneau.
— Désolée messieurs, la place est prise.
Les personnes qui attendaient encore se dispersèrent en râlant.
Le lendemain, David était présent à 8 heures, comme prévu. Clovis arriva en saluant David et l'entraina dans un couloir.

— Viens, suis-moi, je vais te donner une blouse blanche et un casier pour y ranger tes vêtements.
David suivit Clovis et revint quelques minutes plus tard, habillé de neuf. La personne du standard les appela pour leur expliquer qu'ils devaient se rendre à un endroit précis, noté sur un ordre de mission sur papier. Ils sortirent de l'hôpital et prirent place dans une ambulance qui démarra sans attendre. Clovis entama la conversation.
— Au fait, elle t'a expliqué pourquoi l'hôpital cherchait un ambulancier en urgence ?
— Non, pas vraiment. Je pense qu'elle n'en a pas eu le temps !
— Ou le courage ! Mon coéquipier s'est suicidé la semaine dernière, en sautant du cinquième étage de son immeuble.
— Ah d'accord... Même si cela ne me fait pas vraiment plaisir de remplacer un mort, mais il faut bien que je travaille !
— Essaie de ne pas y penser, ça va le faire...
— Si tu le dis...
David était tout de même un peu secoué par cette nouvelle, mais il n'avait pas trop le choix.

Pour son premier jour, David eut maille à partir avec des gens du voyage. Ce jour-là, avec Clovis, ils durent se rendre sur une aire qui leur était réservée. Elle était déjà envahie de policiers. Le médecin du SAMU examinait un homme à terre, blessé à l'arme blanche au thorax lors d'une rixe. À peine arrivée, la femme de la victime se mit à pleurer tout son saoul en pensant qu'il était décédé.

Le médecin essaya de rassurer la femme en pleurs en lui expliquant que la blessure était sérieuse mais qu'aucun organe vital n'avait été touché et qu'il avait donc des chances de s'en sortir s'il pouvait l'emmener à l'hôpital sans attendre. La femme, un peu calmée par une autre plus âgée, s'adressa à David en l'implorant.
— Il ne doit pas mourir, vous comprenez, c'est mon homme et le père de mes enfants.
— Il va être pris en charge rapidement et il a toutes les chances de s'en tirer.
— Merci, dit la femme en lui baisant la main, merci beaucoup ! Je compte sur toi !
David et Clovis soulevèrent délicatement la victime pour l'installer sur le brancard, avant de l'introduire dans l'ambulance. Pendant que la police s'occupait d'embarquer le rival de la victime sous les cris de la famille, nos deux ambulanciers prirent la route très vite, toute sirène hurlante, vers l'hôpital le plus proche. Ce qui permit à l'homme d'être sauvé in extremis. David avait réussi à tenir sa promesse…
Quelques semaines après cet incident, les deux ambulanciers purent ramener la victime rafistolée sous les cris de joie de sa femme et de tous les gens du campement. Ils n'avaient pas sauvé un gitan, ils avaient sauvé un homme. La femme de la victime prit David dans les bras et le serra à l'étouffer.
— Merci, tu as sauvé mon homme ! Tu seras toujours le bienvenu chez nous !
David lui sourit, touché par sa gratitude, même s'il n'était pas pour grand-chose dans la guérison de son homme. Il n'avait fait que le transporter à l'hôpital.

— Merci ! Il faut qu'il se repose maintenant pour qu'il guérisse complètement.
La femme acquiesça avec un sourire. Il repartit avec Clovis vers leur prochaine mission.

CHAPITRE V

Alexandre Danjou, le quatrième homme, était un chauffeur de grumier de quarante ans, grand costaud velu au crâne rasé, yeux marrons avec un tatouage de trèfle à quatre feuilles sur le bras gauche qu'il faisait sortir par la portière du camion pour être bien visible. Il avait travaillé souvent dans les Vosges où il était né dans une grande famille de bucherons, et également dans les Alpes où, à une certaine époque, le travail ne manquait pas. Sa hantise, c'était les descentes de cols en montagne, particulièrement raides. Avant chaque trajet, il vérifiait plusieurs fois, de façon compulsive, l'arrimage de ses grumes. Il n'osait imaginer les conséquences en cas d'accident. Avec le poids de certains troncs, il y aurait pu y avoir des blessés, voire des morts... Cette pensée le faisait frémir à chaque fois ; alors il redoublait de prudence et n'avait pas eu à déplorer d'accidents jusqu'à ce jour. Il devait sans doute avoir une bonne étoile... *Pourvu que cela dure !* se disait-il.

Il prit son vélo et pédala jusqu'à l'extérieur de la ville entourée de montagnes couvertes de pins et de sapins, pour tenter sa chance à la scierie Leblanc la plus importante de la région. Il espérait vraiment qu'ils aient besoin de chauffeurs pour transporter des grumes ou des billons, de la forêt à la scierie ou jusqu'aux chantiers de construction. Alex gara sa monture près de ce qui semblait être les bâtiments administratifs.

— Bonjour, dit Alex en toquant à la vitre et en entrant dans le bureau de la scierie.

— Bonjour, répondit un homme dont la chemise rouge à carreaux était couverte de sciure et de copeaux de

bois. Il était assis derrière un bureau noyé sous les papiers et les dossiers.
Il se décolla du siège et s'avança vers Alex en lui tendant la main pour le saluer.
— Je suis Gérard Leblanc, le gérant de la scierie. Je suppose que vous venez pour du travail ?
— Effectivement, répondit Alex.
— Vous tombez bien, j'ai besoin d'un chauffeur supplémentaire pour mes grumiers. J'en ai un qui est malade et un autre qui a eu un accident et qui sera absent plusieurs semaines. Alors il y a beaucoup de travail en retard. Passons dans mon bureau.
Alex suivit volontiers le patron, en espérant vraiment décrocher le poste.
— Prenez place, je vous en prie. Vous avez tous vos permis, j'espère ?
— Oui, ne vous inquiétez pas, j'ai tout ce qu'il faut.
Alex sortit de son petit sac à dos une chemise qui contenait des photocopies de ses diplômes : CAP, BEP, et son BAC PRO.
— C'est un bon début, dit-il.
— J'ai aussi les permis B, BE, C et EC, CFP de conducteur routier ainsi que le CACES bras auxiliaire ou grue mobile, avec une grande expérience dans le bois ajouta-t-il en présentant son CV à son interlocuteur.
— Eh ben, dites-donc, vous êtes un homme complet !
— Je pense que oui ! répondit Alex avec un grand sourire.
— Écoutez, je pense que c'est bon pour moi. Vous avez effectivement une très longue expérience dans le bois, ce qui me convient parfaitement.

— Oui, je connais très bien ce domaine. Je suis tombé dedans dès mon plus jeune âge.
— Bien. Quand pouvez-vous commencer ?
— Tout de suite, si vous voulez !
— Je vous prends au mot. Je vais vous donner une salopette de l'entreprise. Entrez dans ce local et faites votre choix pour votre taille, dit l'homme en désignant une porte. Il doit y avoir un casier de libre aussi… Le temps pour moi de préparer le contrat d'embauche et la feuille de route.
— Ok. À tout de suite.
Au bout de quelques minutes, Alex ressortit avec la tenue des employés de la scierie.
— Impeccable, dit l'homme en le voyant. Je vous laisse le temps de lire le contrat et de le signer, si vous êtes d'accord. Par contre, je suis très exigeant sur le respect des horaires et des délais.
— Ne vous en faites pas je suis toujours ponctuel. Sauf s'il y a un problème indépendant de ma volonté sur la route comme un accident, bien sûr !
— On est bien d'accord ! Il faudra juste me prévenir pour que j'informe le client.
— Cela va de soi ! Ne vous en faites pas, j'ai l'habitude de gérer ce genre de situations.
Alex lut le contrat et le signa rapidement, trop pressé de trouver enfin un travail qui lui convenait.
— Ok, dit le patron de la scierie. C'était rapide.
— Oui, j'ai souvent signé ce genre de contrat pour des missions temporaires…
— Il y a bien sûr une période d'essai d'un mois, mais si je suis satisfait de votre travail, il se peut que je vous en-

gage définitivement en CDI. Un chauffeur de plus, ce n'est vraiment pas du luxe, en ce moment... Il m'arrive même de faire quelques livraisons moi-même. Mais si je suis sur la route, je ne suis pas au bureau pour gérer les commandes. Et en plus, ma secrétaire est en congé de maternité.
Alex exprima sa joie en affichant un immense sourire.
— Bon. Venez avec moi, le camion est déjà chargé. Nous allons vérifier l'arrimage des grumes et je vais vous expliquer la destination du chargement. Vous connaissez la zone ?
— Ah non, pas vraiment.
— Il ne vous faudra pas beaucoup de temps pour vous repérer et aimer ce pays. De toute façon, il y a une carte de la région et un GPS à bord.
— Ça va aller, j'en suis sûr ! Rajouta Alex.
Alex fit le tour du grumier avec son patron, vérifia les attaches qu'il resserra encore un peu pour être bien sûr. Il monta dans le camion et s'installa au volant.
— Tenez, dit Gérard Leblanc en lui tendant un talkie-walkie, c'est pour rester en contact. Il est réglé sur le canal 3 et a une portée de cinquante kilomètres. J'ai toujours le mien sur moi... La radio du camion ne fonctionne pas toujours correctement. C'est au cas où il y aurait un problème, car il y a une forte descente à 8 % juste après la forêt.
— Ok, merci, répondit Alex avec une petite inquiétude qu'il essaya de masquer.
Alex régla le GPS sur la destination, jeta un coup d'œil sur la carte par sécurité, puis Gérard Leblanc ferma la porte du camion. Puis il démarra avec un grand sourire,

cachant son appréhension des fortes descentes et saluant son nouveau patron de la main, afin de livrer son chargement de grumes de chêne.

CHAPITRE VI

Trois mois plus tard...

Jules Sorel avait contacté ses trois compères pour leur donner rendez-vous dans un bar assez discret. Les quatre hommes arrivèrent les uns après les autres. Après la joie des retrouvailles, ils prirent place pour commander des boissons. La discussion était animée autour de la table.
— Alors les gars, comment ça va pour vous ? commença Jules.
— Je bosse dans un garage, dit Charles. Chez Dumont, à la sortie de la ville. J'en vois passer des belles caisses. Surtout des américaines, elles sont superbes ! Pour la carrosserie, on arrive toujours à se débrouiller, mais pour trouver des pièces, c'est le pois et la tanière !
Les trois hommes rirent de bon cœur.
— Ce n'est pas ça ?
— On dit la croix et la bannière ! rectifia Charles.
— C'est pareil !
— Moi, je suis ambulancier à l'hôpital central, continua David. On se balade toute la journée. Même qu'on se perd parfois. Mon collègue Clovis roule parfois tellement lentement que la dernière fois, on transportait un blessé grave touché à la colonne vertébrale, et on a mis tellement de temps à retrouver l'hôpital qu'il est mort en route. Quand on l'a sorti, c'était de la viande froide. (*rires*)
— Et le lendemain, à la cantine, il y avait du hachis Parmentier. (*rires*)

— Et moi, je travaille là-haut, à la scierie Leblanc, dit Alex. Je conduis un grumier. Je suis un homme tronc, quoi. Je me balade entre la forêt, la scierie et les chantiers pour livrer du bois, le tout à l'air pur. Le paradis, quoi !

Il se retourna vers Jules Sorel pour lui poser la question.

— Et toi, alors ?

— Tout a marché comme prévu. Le célèbre architecte Gilles Galland m'a pris dans son équipe, dit Jules. On travaille sur un gros projet d'immeubles de bureaux. Comme il se déplace en fauteuil, je suis chargé de le seconder dans des tâches de chantier qu'il ne peut plus effectuer au vu de son handicap. Je fais donc tout le travail de contrôle pour lui. Et j'ai pensé que l'on pourrait faire le coup dans une des caves des immeubles en construction. Personne n'aura l'idée de venir nous chercher dans un chantier.

— Ouais, super ! s'exclama Charles.

— Génial, dirent David et Alex en chœur.

Ils semblaient tous partants pour le plan de Jules et se félicitaient de ce projet en levant leurs verres et en les faisant tinter joyeusement.

— À nous ! dirent les quatre hommes de concert, en trinquant.

Jules leur parla de son plan en détail, mais à voix basse.

— J'ai organisé une soirée poker avec quelques pigeons de premier choix. J'avais déjà monté quelques petites parties, histoire d'appâter des poissons plus gros. Et ils ont mordu à l'hameçon. On se retrouve donc samedi prochain dans l'immeuble de la rue Carroll, au numéro 18. Je vous attendrai devant la grille du chantier à

23 heures. Les premiers « clients » arriveront vers minuit. Et ça va jouer gros, même très gros, je vous le dis les amis !
Les autres acquiescèrent en silence, se jetaient des regards complices et vidaient leurs verres. Ils se séparèrent en se saluant.

CHAPITRE VII

Ce matin-là, une effervescence inhabituelle régnait sur les berges du canal qui traversait la ville. En effet, plusieurs voitures de police, gyrophares allumés, étaient accompagnées par une foule de policiers grouillant de partout. Dans cette zone interdite d'accès, se déroulait un attroupement sous la pluie. L'endroit était gelé par des rubans de police, afin d'interdire le passage aux curieux et aux journalistes, qui auraient pu contaminer la scène de crime. Un cadavre flottant sur le ventre dans le canal était remonté sur les berges par deux plongeurs. Vêtu d'une salopette de travail bleue et d'un t-shirt rouge maculés de cambouis, il était pieds nus. Le médecin légiste faisait déjà les premières constatations sur le cadavre retourné sur le dos, pour trouver des indices de macération au niveau des paumes et de la plante des pieds afin de déterminer la durée du séjour dans l'eau. Au bout d'un moment, il se releva. Un OPJ ganté fouilla le corps et trouva dans la poche ventrale de la salopette une carte à jouer. Il la mit dans un sachet en plastique et la tendait au commandant qui venait d'arriver. C'était le commandant Sam Karo. La cinquantaine, beau gosse, l'œil vif et le sourire enjôleur, cheveux et yeux noirs. Un chapeau mou sur la tête et un ciré jaune, avec une flasque de malaga dans une poche interne cousue dans un tissu à fleurs. Arrivé près de la victime, il resta debout sous la pluie et se gratta la tête sous le chapeau en regardant la carte.
— Un roi de cœur. Histoire de cœur ! dit Sam sans conviction. Trop simple, dit-il en secouant la tête.

Le médecin légiste referma sa mallette et se dirigea vers Sam Karo en lui serrant la main. C'était Claude Paradis, grand rêveur aux yeux bleus globuleux, la quarantaine chauve, qui s'envoie du hard-rock dans les oreilles avec des écouteurs sans fil pendant les autopsies.
— Bonjour, Paradis. Alors ? Vos premières constatations ?
— Bonjour Sam. Il a séjourné dans l'eau plusieurs heures. Vu la température de l'eau, assez fraîche en cette saison, le corps est assez bien conservé. J'ai également effectué des prélèvements de tissus cellulaires ainsi que sur ses vêtements. Pas de coups, ni de blessures apparentes. D'après la lividité cadavérique la mort devrait se situer entre minuit et 2 heures du matin. À mon avis, la noyade n'est pas à l'origine du décès. Il a une rougeur de la face et du cou, caractéristique d'un empoisonnement. Il faudra attendre les résultats de l'autopsie pour confirmer mes soupçons.
— Absolument ! Merci Paradis, et à bientôt.
— Je vous tiens au courant, Sam.
— J'y compte bien !
Le médecin légiste se dirigea vers sa voiture pour repartir. Sam regarda la carte du roi de cœur.
— Assez mince, comme piste. Très mince, même. Un message, sans aucun doute.
Un policier se dirigea vers Sam Karo avec un bloc-notes, en le saluant.
— L'enquête de voisinage n'a rien donné, commandant. Personne n'a rien vu, rien entendu. Au milieu de la nuit tout le monde dormait. Forcément, dit le brigadier.
— Forcément ! répéta Sam.

— Nous avons fouillé tous les alentours sans résultats, rajouta le policier. Les investigations concernant son identité sont en cours. Pour l'instant, pas de papiers. Les pieds nus nous intriguent. C'est étrange…
— Vous avez dit étrange ? Comme c'est étrange…
— Euh… oui, commandant, répondit le policier qui n'osait pas sourire.
— Vraiment étrange ! Tenez, envoyez ça au labo, dit Sam en tendant la carte du roi de cœur au policier.
— Je m'en occupe tout de suite, commandant. Ah, au fait, on a aussi trouvé un inhalateur dans une de ses poches.
— Ceux qu'utilisent les asthmatiques, je crois ?
— C'est exact, commandant.
Le policier partit rapidement et Sam téléphona au Procureur pour lui annoncer la découverte qu'ils venaient de faire dans le canal. Ne jugeant pas nécessaire de faire le déplacement, il lui délégua tous les pouvoirs pour entamer l'enquête préliminaire. Ce qui lui fit vraiment plaisir.
— Merci pour votre confiance, monsieur le procureur !
— Je compte sur vous pour me tenir au courant de l'avancée de l'enquête ! dit-il en raccrochant.
Cette phrase faisait toujours sourire Sam. Comme quoi certaines personnes arrivent à se décharger de leur travail avec ces quelques mots.
— Travailler sur une enquête sans un procureur constamment dans les pattes pour vous mettre la pression, c'est génial ! Je vais pouvoir travailler à mon rythme…
En disant cela, il sortit sa flasque de malaga de la poche et en prit une rasade.

— Ah, ça va mieux ! Je vais aller retrouver Paradis pour avoir de nouvelles informations sur notre baigneur aux pieds nus.

CHAPITRE VIII

Sam Karo se retrouva à la morgue en présence de Claude Paradis, le médecin légiste qui était en train de disséquer le cadavre du noyé et qui travaillait toujours avec ses écouteurs sans fil dans les oreilles. Il s'approcha et prit un écouteur pour le mettre dans son oreille. Quand il entendit la musique, du hard-rock, il grimaça et remit l'écouteur dans l'oreille du légiste.
— Comment pouvez-vous écouter ça ?
— C'est la violence de la vie, Sam ! En désignant le cadavre sur la table tout en enlevant ses écouteurs.
Sam préféra ne faire aucun commentaire sur cette musique qu'il n'appréciait pas.
— Alors, qu'avez-vous trouvé ?
— Léa n'est pas avec vous ? C'est dommage !
— Elle est toujours en formation, répondit Sam.
— Ah bon ! Je trouve qu'elle est plutôt bien formée, moi, dit Paradis avec un petit sourire en coin.
Sam le regarda avec un regard sévère et exaspéré en soufflant.
— Bon, avançons, dit le légiste. Je n'ai pas encore tout à fait terminé, mais je peux vous confirmer qu'il était mort avant le plongeon. Il n'a aucune trace d'eau dans les poumons.
— De quoi, alors ?
— Comme je l'avais dit : empoisonnement.
— Quel type de poison ?
Paradis se pencha sur le cadavre ouvert.
— J'opterais pour un poison végétal. C'est spectaculaire, les dégâts que cela peut produire dans les organes in-

ternes. J'ai examiné le bol alimentaire et découvert des traces de petites baies noires, sans doute le poison végétal qu'il faudra encore caractériser : de la salade, de la semoule, du poulet et des légumes. Tout cela pour vous dire qu'il avait mangé une salade verte comme entrée, et sans doute un couscous avant de faire le grand saut. J'ai envoyé un échantillon du menu complet au labo, ainsi que quelques cheveux, pour une analyse toxicologique afin de déterminer la plante qui a causé tous ces dégâts. Vous voulez voir ?
Sam fit la grimace, rien qu'à l'idée de cette vue répugnante. Il regarda de loin.
— J'ai également procédé à une analyse limnologique des diatomées, ces micro-organismes phytoplanctoniques que l'on peut trouver dans l'eau des fleuves, rivières, mers ou lacs, et donc également dans un canal, grâce aux prélèvements d'eau effectués autour du cadavre. Vu leur concentration, je pense que le corps a sans doute été déplacé. Et la teinte bleutée de sa peau nous indique que l'immersion ne dépasse pas quelques heures, comme dit lors de mes premières constatations d'usage.
— Vous aurez les résultats des courses demain matin sur votre bureau.
— Quand je pense que vous vous appelez Paradis !
— Mais oui, Sam. C'est le paradis dans lequel mes clients m'ont précédé... et que je ne suis pas pressé de rejoindre. Surtout dans cet état. Remarquez, ça doit être bien là-bas, car je n'en ai jamais vu aucun en revenir.
Claude Paradis reprit un ton plus sérieux.

— Il a dû beaucoup souffrir avant de passer de vie à trépas. Puis il rajouta sur un ton plus solennel : Maintenant, il ne souffre plus.
Sam n'eut qu'un mot à dire.
— Alléluia !
— Je vous en prie, Sam. Vous n'avez aucune poésie.
Sam lui répondit avec un geste de la main tendue vers le ventre ouvert du cadavre.
— Où voyez-vous de la poésie dans tout ça ?
Les deux hommes échangèrent un regard complice pour toute réponse.
— Les résultats pour demain, sans faute ?
— Vous pouvez compter sur moi, vous le savez bien.
Le légiste remit ses écouteurs dans ses oreilles pour reprendre son travail. Sam Karo sortit de la pièce, un peu ébranlé par cette conversation, et par la vue du cadavre ouvert, particulièrement repoussante. Il prit une grande bouffée d'air frais avant de retourner au commissariat.

CHAPITRE IX

Sam Karo se trouvait à son bureau en train de prendre une lampée de malaga quand un agent toqua à la porte. Il eut juste le temps de cacher la flasque quand l'agent entra tout content.
— Oui ! Entrez !
Philippe, le jeune brigadier qui travaillait sur l'enquête, s'empressa de parler à Sam.
— Bonjour commandant, nous avons trouvé l'identité et l'adresse de la victime grâce à un garagiste qui est venu au poste parce qu'il s'inquiétait de l'absence de son mécano depuis plusieurs jours. Je ne lui ai pas annoncé sa mort.
— Ah, et bien voilà ! On a enfin quelque chose ! On avance ! Ok, merci Philippe.
Sam s'empressa d'ouvrir le dossier que le brigadier venait de lui remettre et se mit à en lire quelques pages à voix haute.
— L'homme s'appelle Charles Bavière, trente-cinq ans, habite au 15 de la rue du Barrage. Il est mécanicien au garage Dumont. La photo de la carte d'identité est un peu pourrie, mais la description correspond au corps retrouvé dans le canal. Je vais faire un petit tour chez lui, au cas où...

Sam Karo fit tout d'abord un petit crochet par la scène de crime en espérant trouver de nouveaux indices. Son éternel chapeau vissé sur la tête, son ciré jaune duquel il tira sa flasque de malaga pour en prendre une grande goulée, pour combattre le froid et se donner du courage, disait-il. Il descendit prudemment sur le quai, particulièrement glissant ce jour-là avec ses pavés mouillés par une pluie incessante. Il salua le policier de garde qui lui soulevait le balisage de la scène de crime et se mit à fouiner. Il inspecta tous les coins et recoins de l'endroit où le cadavre avait été retrouvé, mais sans succès. Il arrive que des détails échappent lors les premières investigations, mais là, non. Rien de plus. Au bout d'un moment, toujours bredouille, il décida de se rendre à l'adresse indiquée sur la carte d'identité, pour une petite perquisition. Il se dirigea vers l'immeuble, cherchait le nom sur la sonnette, et montait à l'étage. Il entra dans l'appartement où ses collègues de la PTS (police technique et scientifique) travaillaient déjà. Dans leurs combinaisons blanches, on les surnommait les cotons-tiges. Sam salua tout le monde et se mit à fouiller partout scrupuleusement. Il soufflait, cherchait, fouillait un peu partout, en espérant avoir plus de chance que sur la scène de crime. Dans la bibliothèque, il trouva une bible et un coran côte à côte sur une étagère, mais jugea cela sans importance. Une photo de la victime avec une autre personne était encadrée et posée sur une étagère. Il prit le cadre, sortit la photo, la retourna pour découvrir une légende au dos : « Charlie et Pierre, en vacances au soleil ». Il la mit dans sa poche en pensant suivre la piste de ce mystérieux ami un peu plus tard. À côté de cette bibliothèque, il y avait sur le mur un grand poster où figurait un zèbre photographié en Afrique du Sud, selon la légende. Sam se demandait toujours, où se situaient les zèbres pendant l'Apartheid ? Il sourit intérieurement sans pouvoir répondre à cette question. Il découvrit aussi dans la cuisine un saladier sur la table, décoré de petits cœurs, avec quelques restes de salade verte et d'ingrédients plus ou moins noirs, et tout un capharnaüm éparpillé. Il s'adressa à un collègue.

— Vous avez déjà effectué des prélèvements dans ce saladier ?

— Non, mais Paradis a trouvé des traces de salade et de ces particules noires dans son bol alimentaire, commandant.

— C'est vrai, il m'en a déjà parlé à l'autopsie. Ce sont sans doute les mêmes baies noires ! Un des ingrédients de ce qui était sans doute son dernier repas. Vérifiez tout de même, on ne sait jamais !

— Je m'en occupe tout de suite, Commandant. Je vais envoyer un échantillon au labo, pour comparer avec ceux retrouvés dans l'estomac de la victime.

L'agent préleva plusieurs petits résidus et les mit dans un sachet pour les faire analyser au labo. Les collègues de la PTS effectuaient également un état des lieux complet en espérant trouver de nouveaux éléments susceptibles de faire avancer l'enquête. Mais sans résultats probants, ni effraction, ni empreintes exploitables autres que celles de la victime.

CHAPITRE X

Le lendemain matin, Sam Karo arriva au commissariat. Il prit place à son bureau comme à son habitude. Il s'empressa d'ouvrir l'enveloppe posée devant lui.
— Ah, les résultats du labo !
Il lut le rapport du légiste à voix haute.
— Le scanner n'a révélé ni lésion interne ni de corps étrangers. L'homme n'a aucun hématome apparent. Pas d'eau dans les poumons, la noyade n'est donc pas à l'origine du décès. Il a une rougeur de la face et du cou, caractéristique d'un empoisonnement à la belladone. C'est une plante herbacée vivace de la famille des solanacées que les ophtalmologistes utilisent sous forme liquide pour réaliser des fonds d'œil. Cette plante contient des alcaloïdes très violents : hyoscyamine, atropine, scopolamine et belladomine. Les premiers symptômes se manifestent par un dessèchement de la cavité buccale, une dilatation des pupilles, une accélération du pouls, une sensation d'ivresse, de l'irritabilité, des visions chimériques, un coma et une paralysie de l'appareil respiratoire. Ces symptômes peuvent survenir lentement après l'ingestion. Après la salade, où la belladone se trouvait finement ciselée dans l'assaisonnement, il a eu le temps de manger un couscous, comme les indices relevés dans le bol alimentaire le suggéraient, les premiers effets de la belladone se faisant sentir plusieurs heures après l'ingestion. Un décigramme de ces alcaloïdes peut présenter une dose mortelle. Et là, il avait largement dépassé la dose prescrite !

Il y avait une note de Claude Paradis en bas de page, intitulée *Pour la poésie : La plante tient son nom d'une pratique autrefois courante chez les dames de la haute société : pour augmenter le diamètre de leurs pupilles, signe de coquetterie de l'époque, elles utilisaient des gouttes d'une décoction de belladone ou bella dona, «belle dame».*
— Ah, celui-là, avec sa poésie ! À croire que la mort l'inspire !
Il reposa le rapport sur le bureau.
— Je comprends mieux, maintenant. Il a dû souffrir atrocement avant de rendre son dernier souffle.

Affalé sur son bureau, il prit la photo trouvée dans l'appartement de Charles Bavière dans ses mains.
— Cette légende sibylline ne va sans doute pas nous aider beaucoup. Elle allait peut-être au contraire compliquer les choses, se dit Sam. *Charlie et Pierre, en vacances au soleil* : qui es-tu donc, Pierre ?
Sam se leva pour se rendre au département du traitement des images, où il confia la photo à un technicien spécialisé dans ce genre de travail.
— Salut Jo, tu vas bien ?
— Bonjour Sam, ça roule ! Que puis-je faire pour vous, commandant ?
— Il faudrait que tu me trouves l'identité de l'homme à côté de Charles Bavière, notre noyé, celui à droite de la photo. Et le lien entre eux.
— Ok, pas de problème !
Le technicien s'affaira sur son ordinateur, et, avec un logiciel spécialisé en reconnaissance faciale, il réussit à mettre un nom sur le visage au bout de quelques minutes.

Tout fier de lui, il l'annonça à Sam.
— Il s'agit de Pierre Lauder. C'était facile, il est déjà fiché chez nous. Beau pédigrée ! Il a un casier long comme le bras avec une douzaine de mentions, allant du vol avec effraction à la tentative de meurtre. Célibataire sans enfants, il a commencé à faire des bêtises à l'âge de dix ans, époque de sa première mention au casier judiciaire. En comparant avec la fiche de Charles Bavière, on apprend qu'il a été incarcéré en même temps que lui. Il a été son codétenu pendant dix ans, il y a une quinzaine d'années.
— Tu es un petit génie, Marc. Tu peux m'imprimer tout ça ?
— Bien sûr, sans problème ! Je vous l'imprime tout de suite.
— Merci beaucoup, Marc !
— À votre service, commandant !
De retour à son bureau, Sam étudia les documents.
— Il y a de fortes chances que ce soit lui l'assassin de son ami Charles Bavière. Un différend a dû les opposer et il l'aurait poussé dans le canal, sachant très bien qu'il ne pourrait s'en sortir car il était sûr que Charlie ne savait pas nager. En prison, on a le temps de raconter sa vie. Sur la fiche de Pierre Lauder, Sam vit son adresse qu'il nota sur son calepin, et qui se trouvait être assez proche de celle de Charlie.
— Je vais aller lui rendre une petite visite, je pense que cela s'impose…
Il se rendit à l'adresse indiquée en voiture et entra dans un immeuble assez vétuste. Comme il n'y avait pas de sonnette, il frappa à la porte de l'appartement où le nom de Pierre Lauder était gravé au couteau dans le bois, en-

touré de nombreux graffitis. Les coups de Sam sur la porte n'ayant occasionné aucune réaction, il entreprit de toquer plus fort avec la peur qu'elle ne s'écroule. Après un long silence, il frappa à nouveau avec le poing en criant *Police !* Ce qui fut efficace, car le locataire des lieux vint lui ouvrir. Il fut surpris de voir Sam, avec sa carte à la main.
— Pierre Lauder ?
— Euh, oui, c'est moi. C'est pourquoi ?
— Je vais vous expliquer, répondit Sam en forçant un peu le passage, accompagné par un policier en uniforme.
L'appartement était à l'image de l'immeuble. Dans la cuisine, les éléments n'avaient plus de portes, sans doute depuis longtemps, la table était décorée d'une ribambelle de canettes vides et d'un cendrier qui débordait jusque par terre. Le salon n'était pas mieux loti. Le canapé était complètement défoncé en face d'un téléviseur qui fonctionnait sans le son. Sam eut du mal à trouver une chaise, dont il vérifia la solidité avant de s'y asseoir, pendant que le policier en uniforme scrutait les lieux en détail. Pierre Lauder se vautra dans le canapé déglingué, qui devait être sa place habituelle tant il était défoncé à cet endroit. Les rideaux étaient complètement effilochés et plutôt gris ou blanc foncé, et de nombreux lambeaux de papier peint déchiré pendouillaient des murs.
— Vous habitez cet appartement depuis longtemps ?
— Une dizaine d'années environ…
— Vous n'avez jamais envisagé d'effectuer des travaux ?
— Avec mon RSA, je n'en ai pas les moyens. J'ai juste de quoi me nourrir.

Sam jeta un regard sur la table de salon...
— Vous faites un régime à base de bière, je suppose ?
Pierre préféra ne pas répondre à l'ironie de Sam. Dans le salon, la table basse était aussi recouverte de cadavres de canettes de bière. N'ayant pas trouvé de place pour poser la photo, il la lui tendit à bout de bras au-dessus de la table dépotoir, tout en posant sa question :
— C'est bien vous, sur cette photo ?
— Oui, bien sûr ! C'est un souvenir de nos dernières vacances avec mon pote Charlie !
— Je vous le confirme, c'était bien les dernières. On vient de repêcher votre ami flottant dans le canal.
— Non, ce n'est pas possible ! Mais il est...
— Mort, oui ! C'est la raison de ma visite d'aujourd'hui.
— Ah merde ! ... Mais vous ne me soupçonnez pas, quand même ! Je n'y suis pour rien. C'est vous qui m'apprenez le décès de mon ami Charlie. On s'est vu il n'y a pas longtemps, en plus...
— Vu votre casier bien fourni, je me suis dit qu'une petite visite s'imposait.
Complètement sous le choc de cette nouvelle, un silence se fit.
— Où étiez-vous cette nuit, entre minuit et 2 heures du matin, monsieur Lauder ?
— Suspect d'office, bien sûr ! Vous n'allez tout de même pas croire que j'ai tué mon meilleur ami ? J'étais ici, pardi ! Avec mes insomnies, je me couche le plus tard possible, vous comprenez...
— Un témoin, peut-être ?
— Non. Je vis seul, donc...
— Donc pas d'alibi ! C'est ennuyeux ça !

— On avait gardé le contact, même si on ne se voyait pas souvent, Charlie était mon seul ami. Je ne lui aurais jamais fait de mal.
— Un désaccord, une dispute qui dégénère…
— Non, avec Charlie, ce n'était pas un mot plus haut que l'autre, même après dix ans de tôle.
— Nous allons vérifier tout cela au commissariat, si vous le voulez bien.
— Si vous voulez. Mais je n'ai rien à me reprocher, vous savez !
— L'enquête le dira… Vous êtes quand même le suspect numéro un ! Monsieur Lauder, il est 14 h 32 et je vous signifie votre garde à vue pendant vingt-quatre heures, le temps pour nous de poursuivre nos investigations. Et cela pourra vous aider à retrouver la mémoire d'ici là. Je vous interrogerai demain matin.

Pierre Lauder ne dit rien. Il connaissait trop bien les rouages de la police quand elle enquête sur un crime. Le policier lui passa les menottes et l'emmena, suivit de Sam.

CHAPITRE XI

Sam était dans son bureau ce matin-là. Il avait le nez dans ses dossiers. La porte s'ouvrit subitement pour laisser apparaitre une jeune femme androgyne d'une trentaine d'années, mince, cheveux blonds et courts avec les yeux verts en amande que recouvraient des lunettes rondes aux verres bleutés. Affublée d'un jean noir et d'un t-shirt coloré, elle portait un béret rouge et des chaussures compensées assorties. C'était Léa Dauteuil, lieutenant de police et binôme de Sam Karo. En entrant dans le bureau qu'elle partageait avec Sam, elle lança avec un grand sourire :
— Bonjour Sam !
Sam fut surpris, mais ravi de retrouver sa collaboratrice.
— Bonjour Léa !
Léa vit tout de suite les chaussettes dépareillées de son patron sous le bureau.
— Tombé du lit ? dit-elle avec un petit sourire.
— Non, pourquoi ?
— Pour rien, pour rien, dit Léa avec un petit sourire malicieux.
— Et alors, ce stage ? Vous avez appris plein de nouvelles choses ? lui lança Sam.
— Rien que je ne sache déjà.
— C'était bien la peine.
— Ça m'aura au moins fait changer d'air ! Et voir d'autres têtes !
— Pourquoi, la mienne ne vous revient pas ? dit Sam en espérant une réponse.
Léa se contenta de sourire et prit place à son bureau.

Elle mit son arme de service dans un tiroir. Sam lui donna une nouvelle info importante la concernant particulièrement.

— C'est bien que vous soyez enfin de retour, car pendant votre absence, le trafic de stupéfiants a augmenté sensiblement.
— Vous voulez dire celui du parc de la Tour, au sud de la ville ?
— Oui, celui-là même ! Avec un développement au niveau au-dessus !
— Que voulez-vous dire, Sam ?
— Une montée en gamme, si je puis dire. Ils sont passés de la beuh aux drogues dures : cocaïne, héroïne et surtout du crystal, la méthamphétamine à la mode, cette drogue de synthèse extrêmement addictive qui fait des ravages chez les jeunes.
— Il va falloir faire appel aux gars des stups pour créer une équipe spéciale afin d'avoir une chance de démanteler ce réseau. Seule, je n'y arriverai pas.
— Il en est justement question, selon mes sources.
— Vous savez quelque chose, Sam ? Dites-moi tout !
— Je sais seulement que vous allez avoir du renfort pour résoudre cette affaire que le proc' vous a confiée, en tant qu'ancienne des stups.
— Super ! On va pouvoir enfin travailler correctement.
— Mais vous continuez également à travailler avec moi sur notre enquête en cours, bien sûr !
— Évidemment !

Elle se leva pour se diriger vers le tableau où étaient accrochés les maigres indices. Sam lui donna toutes les informations concernant l'enquête en cours. Elle regarda

la photo de Charles Bavière, qui se trouvait dans la partie réservée aux victimes.
— D'ailleurs, où en est-on, Sam ? Du nouveau sur la victime ?
— Pas vraiment, répondit Sam.
Ils se retrouvaient tous les deux devant le tableau d'investigation.
— Alors, c'est lui, le noyé ?
— Noyé, noyé, c'est vite dit ! Je pense qu'on l'a un peu aidé.
— On l'aurait un peu poussé ?
— Même pas. D'après le rapport de notre légiste, à qui vous manquez cruellement d'ailleurs, il a été empoisonné à la belladone.
— Ah, ce n'est pas courant, comme méthode... Une nouvelle Lucrèce ?
— Pas d'indices pour l'instant, Léa.
Léa fit une moue dubitative et se tourna vers Sam.
— Un café, Sam ?
— Volontiers Léa. Merci beaucoup.
Léa s'appliqua à la machine à café pour en tirer deux tasses.
— Cette belladone, ça se dilue dans le café ? dit-elle en lui tendant son mug de café.
Sam Karo lui lança un regard inquiet.
— Même pas drôle !
Il en but une gorgée en regardant la photo de Charles Bavière.
— Je ne vois pas le rapport entre la belladone et les pieds nus.
— Moi non plus. Il n'y en a peut-être pas ? dit Léa.

— Peut-être que oui, peut-être que non. En tout cas, cela fait plus d'une dizaine de jours que l'on a retrouvé son corps et nous ne sommes toujours pas plus avancés.
— Il était temps que je revienne, dit Léa.
— C'est vrai, on ne sera pas trop de deux sur cette affaire qui me semble plus complexe qu'il n'y parait.
— Vous avez raison, il va falloir démêler ce sac de nœuds.
Léa porta son regard vers la photo de Pierre Lauder qui se trouvait dans la partie des suspects.
— Qu'est-ce qu'on a sur ce Pierre Lauder ? questionna-t-elle.
— Pas grand-chose concernant notre affaire, mais c'était un proche de la victime, et apparemment son meilleur ami. Ils se sont rencontrés en prison où ils ont partagé la même cellule pendant dix ans. Et là, il est en garde à vue. J'ai son CV et j'ai déjà prévenu le proc'.
Léa se déplaça jusqu'au bureau de Sam pour parcourir le casier judiciaire de Pierre Lauder.
— Ah ouais ! Quand même ! Bien chargé, son CV. Ce n'est pas un enfant de chœur !
— D'où notre suspect principal. Cherchez tout ce que vous pourrez trouver sur cet individu. Il nous faut des preuves pour pouvoir le garder vingt-quatre heures de plus.
— S'il y a quelque chose, je vais le trouver, dit Léa.
— J'y compte bien. D'autant plus que c'est notre seule piste pour l'instant. Pour ma part, je vais aller au garage Dumont où travaillait la victime, en espérant avoir de nouveaux indices…
Le portable de Léa sonna.

— Dauteuil, dit-elle en décrochant son portable. Où ça ? Oui, je vois où cela se trouve. Le temps de rassembler mes hommes et on arrive.
Léa contacta son équipe et s'adressa à Sam.
— Je dois vous laisser, Sam, je dois partir en intervention sur l'usine désaffectée de la zone industrielle du port. Mon indic vient de me parler d'une livraison de came à cet endroit, qui doit avoir lieu incessamment.
— Ok, à peine arrivée, déjà partie ! dit Sam en souriant. C'est l'occasion de tester votre nouvelle équipe ! Des gars compétents, je pense ?
— Oui Sam, je les connais bien, et ils ont tous fait leurs preuves sur le terrain ! Mais il n'y a pas que des hommes, Sam, il y a aussi une femme dans leurs rangs depuis peu. C'est le lieutenant stagiaire Maria Lécuyer, une nouvelle recrue. Vous la connaissez ?
— De réputation, oui. Elle a déjà montré son efficacité, je crois.
— Oui, et cela me rassure vraiment.
Ils échangèrent un long regard.
— Désolée, mais je dois y aller.
— Faites attention à vous, Léa, les narcotrafiquants ne sont pas des tendres, vous savez !
— Pas de souci, on aura tous un gilet pare-balles.
— Il vous protègera seulement une partie du corps, mais pas votre tête.
— Je vous promets d'être vigilante et de ne pas prendre de risques inutiles.
— Bonne chance, alors !
Léa sortit du bureau pour rejoindre son équipe qui était déjà rassemblée sur le parking du commissariat.

— Bonjour à tous ! Direction la zone industrielle du port !
Sur cette indication de Léa, ils s'engouffrèrent dans les voitures pour filer à toute allure vers le lieu de la livraison des stupéfiants.

CHAPITRE XII

Pendant ce temps, Sam Karo se rendit au garage Dumont. Il entra par la porte ouverte et interpela Marcel, qui s'excitait sur une pièce de moteur en jurant.
— Bonjour, votre patron est là ?
— Oui, dans le brouillard de son bureau, répondit Marcel en s'accompagnant d'un geste de la main.
— Merci !
Sam se dirigea vers le bureau indiqué et toqua à la porte.
— Oui ! Entrez !
Il exhiba sa carte et entra dans le bureau enfumé.
— Bonjour ! Commandant Sam Karo. J'enquête sur votre employé, Charles Bavière.
— Bonjour ! Prenez place.
Sam Karo prit place dans un siège plus que fatigué, réparé avec du ruban adhésif.
— Depuis combien de temps Charles Bavière travaille-t-il chez vous ?
— Depuis environ six mois. Je n'ai jamais eu de problèmes avec lui. Au contraire, il a de l'or dans les mains. C'est son absence qui m'inquiète, ce n'est pas dans ses habitudes. C'est plutôt un gars sérieux et qui travaille bien.
— Il ne vous a pas dit d'où il venait ?
— Non, et je ne le lui ai pas demandé. Ce qui m'intéresse, ce sont ses compétences. Le reste, c'est sa vie !
— Justement, il vient de la perdre !
— Non, ce n'est pas possible ! Qu'est-ce qui lui est arrivé ?

— On l'a retrouvé dans le canal. Il faisait la planche à l'envers depuis plusieurs heures. Un crime déguisé en suicide.
— Ben ça alors, quelle affaire !
— Comme vous dites... quelle affaire. Vous savez s'il avait de la famille ?
— Non, on n'en a pas parlé. Ce qui m'intéresse, vous savez...
— Oui, je sais. Ce sont ses compétences. Et lui, vous le connaissez, dit Sam en montrant la photo de Charles avec son ami Pierre.
— Non, jamais vu. Désolé.
Voyant qu'il n'en tirerait rien de plus, Sam Karo salua Michel Dumont en le remerciant et sortit du bureau enfumé et du garage pour rentrer au commissariat.

CHAPITRE XIII

Sam, assis à son bureau, regarda Léa rentrer avec sa mine des mauvais jours.
— Alors, cette intervention ?
— Rien. Les trafiquants ont sans doute été prévenus de notre action, et à notre arrivée, il n'y avait plus personne.
— Pas de bol ! Ils ont souvent des guetteurs qui les préviennent de l'arrivée de la police.
— Oui, en plus, ils ont dû nous voir arriver de loin et filer sans demander leur reste. Mais bon, on a tout de même pris les empreintes de pneus, à tout hasard.
— Je ne pense pas que cela aboutisse, ils changent de voiture comme de chemise. Ils ont les moyens vous savez, et ils peuvent gagner autant en une journée que vous en un mois.
Léa grimaça, car elle savait cela, ce qui la rendait triste.
— Ce n'est que partie remise, Sam, nous allons mettre fin à leurs agissements un jour ou l'autre.
— Je vous fais confiance pour y arriver.
Léa regarda Sam avec un grand sourire pour le remercier de son soutien et de sa confiance. Elle se reprit avant de réagir.
— Et dans notre affaire en cours, du nouveau Sam ?
— J'ai cherché de tous les côtés. Le patron du garage Dumont ne m'a pas beaucoup aidé, c'est le moins qu'on puisse dire. Il ne sait apparemment pas grand-chose de son employé. Mais je n'ai rien trouvé non plus qui pourrait prouver l'implication de Pierre Lauder dans cette

affaire. Il n'aime pas le poker ni les jeux d'argent. Il ne s'intéresse qu'à la bière, apparemment.

— Je crains qu'il ne faille le relâcher, si nous n'avons pas plus que cela, dit Léa. On arrive au bout de la garde à vue de toute façon.

— Bien. Faites-le libérer tout de suite. Mais qu'il reste à la disposition de la justice.

— Bien sûr, on ne sait jamais ! Il pourrait y avoir des rebondissements inattendus.

— Il y a toujours des rebondissements imprévus !

Sam était déçu que la piste de Pierre Lauder ait mené à une impasse. Il pensait vraiment tenir un suspect et était un peu contrarié de devoir le relâcher aussi vite. Il n'aimait pas avouer s'être trompé, car cela ne lui arrivait pas souvent. Il était un peu bougon, mais cela ne durait pas longtemps. Sa longue expérience de flic lui faisait suivre son instinct qui le trompait rarement.

CHAPITRE XIV

Jules Sorel se promenait dans la rue, apparemment de bonne humeur, avec un large sourire qui lui barrait le visage. Il se dirigea vers un kiosque à journaux. Il choisit le quotidien local, paya le vendeur dissimulé par ses publications et se dirigea vers un banc où il ouvrit le journal. Il lut les nouvelles internationales des premières pages et les régionales qui suivaient. En continuant de feuilleter, il tomba sur la page des faits divers. En parcourant des yeux les rubriques, son regard s'arrêta sur un article qui mentionnait le nom de Charles Bavière et lui apprit son décès. Tout surpris et un peu affolé, il se reprit après le choc de l'annonce. Il prit son téléphone et appela David pour fixer un rendez-vous dans l'immeuble en construction de la rue Carroll.
— David ?
— Oui.
— Salut, c'est Jules. Retrouve-moi avec Alex ce soir à 20 heures, à notre quartier général.
— Que se passe-t-il ?
— C'est grave, je vous le dirais, mais pas au téléphone.
— Ok. À demain.
— À demain.

CHAPITRE XV

Dans l'immeuble en construction devenu leur quartier général, David et Alex arrivèrent dans une cave seulement éclairée par une baladeuse et s'installèrent en silence sur des palettes. L'inquiétude se voyait dans leurs regards, qu'ils croisaient de temps en temps.
— Il ne t'a rien dit de plus ? demanda Alex.
— Non, je ne sais rien, à part que c'est grave, répondit David.
Jules arriva enfin quelques instants après. Après les salutations d'usage, les deux hommes s'adressèrent à Jules Sorel.
— Alors, qu'y a-t-il de si urgent ?
— Vous n'avez pas lu le journal ce matin ?
Les deux hommes firent non de la tête.
— Pourquoi ? demanda David.
— Charles a été retrouvé mort flottant dans le canal. L'article ne donne pas plus de précisions. L'enquête suit son cours, comme ils disent.
Il posa le journal ouvert sur la table et les autres regardent l'article accompagné d'une photo, avec des cris d'étonnement.
— Mais oui, c'est bien Charlie. Tu penses qu'il s'est suicidé ? dit Alex.
— Charlie ? Mais non. Vous savez bien que la seule chose qui l'intéressait, c'était de repartir dans les îles.
— C'était peut-être un accident ! Comme il ne savait pas nager, il s'est peut-être simplement noyé, tu ne crois pas ?
— Non, je ne pense pas...

— Tu crois qu'on l'a tué, alors ? Qui aurait pu faire ça ? Et pourquoi ?
— Qui, je ne sais pas. Pourquoi, non plus. Je ne comprends pas ce qui a bien pu se passer.
— C'est peut-être l'œuvre d'un mauvais perdant qui se serait vengé ? lança David.
— Si c'était le cas, on serait déjà tous morts depuis longtemps ! dit Jules.
Un rire forcé, suivi d'un silence lourd, accompagna cette conversation. Alex s'adressa à Jules.
— Qui d'autre aurait pu être au courant de notre projet ?
— Tu penses bien que je n'en ai parlé à personne d'autre ! Cela aurait pu tout compromettre.
— À moins que notre conversation soit tombée dans une mauvaise oreille, le jour où on en a parlé à l'aéroport ?
— Je ne pense pas, dit Jules pensif. C'est assez bruyant… mais pas impossible !
Jules Sorel resta dubitatif, leva la tête et s'adressa aux deux autres.
— Bon, c'est vraiment triste, mais on ne va pas s'affoler. Notre projet tient toujours. Celui qui a de nouvelles infos sur l'enquête appelle les autres.
— On pourrait au moins aller à son enterrement, ça serait la moindre des choses ajouta David.
— Surtout pas ! C'est le meilleur moyen de se faire repérer, dit Jules. Il y aura sûrement des flics en civil partout, mêlés à la foule. Je suis désolé, mais il ne vaut mieux pas. C'est trop dangereux. Les flics auraient vite fait de nous repérer et de nous suivre pour mieux nous identifier.

David et Alex approuvèrent en silence et les trois hommes sortirent de la cave, dépités, en se séparant discrètement.

Malgré la perte de leur ami, les trois compères continuèrent à organiser des parties de poker dans la cave aménagée du chantier. L'argent coulait à flots dans les salles enfumées, avec de jolies filles pour perturber les « clients ». Après plusieurs soirées, ils virent poindre le retour dans les îles avec les poches bien pleines. Les cartes de Jules fonctionnaient bien, mais sans toutefois permettre de décrocher le jackpot.
— Encore quelques parties et on pourra repartir se la couler douce sur les plages, se dit Jules. Dommage que Charlie ne soit plus là pour en profiter, lui qui aimait tant cette dolce vita avec pleins de filles magnifiques. On aura une pensée pour lui, une fois sous le soleil.

CHAPITRE XVI

Au bureau du commissariat, Léa s'adressait à Sam.
— Mon équipe a mis la main sur un gamin que l'on soupçonne d'être un guetteur. Un mineur, bien sûr. Je vais aller l'interroger.
— D'accord, mais ne vous attendez pas à ce qu'il soit très loquace.
— Je sais bien, mais il faut que j'essaie quand même ! On ne sait jamais…
Dans la salle d'interrogatoire, Léa se retrouva en face d'un garçon d'une douzaine d'années ; un enfant, quoi.
— Alors Jérémy, peux-tu m'expliquer la provenance de ces deux-cent-cinquante euros que l'on a retrouvés sur toi ?
Le gamin, un peu désemparé, ne répondit pas tout de suite. Léa dut réitérer sa question.
— C'est mon argent de poche, madame.
— Tu as des parents généreux, dis donc. Que font-ils dans la vie ? Ils travaillent ?
— Mon père est au chômage et ma mère fait des ménages le soir, dans les grandes entreprises.
— Ils ne peuvent donc pas te donner autant d'argent de poche. Alors ? Je t'écoute !
Léa le laissa souffler un peu sans le quitter des yeux, puis revint à la charge.
— Tu ne ferais pas un peu le guetteur pour le gang qui sévit dans ton quartier ?
— Non… non, mes parents ne veulent pas que je les fréquente.

— Mais apparemment, tu le fais quand même. Je pense que sont eux qui t'ont donné tout cet argent, n'est-ce pas ?
— Non, je vous l'ai dit, je ne les connais pas.
Léa voyait très bien qu'il mentait, et insista.
— Tu ne les aurais pas avertis lors de notre descente dans l'usine désaffectée de la zone du port l'autre jour, par hasard ? Généralement, ils donnent toujours quelques billets quand ils sont satisfaits.
— Non, Madame, je vous jure ! Je ne fais pas le guetteur !
— Sauf que les numéros des billets retrouvés sur toi correspondent à ceux volés dans un magasin de la ville la semaine dernière... Alors ?
— Je ne comprends pas, madame, je vous jure !
— Tu es sans doute un peu magicien, je suppose ? Pour que des billets volés se retrouvent dans ta poche, je ne vois plus que la magie.
Le gamin ne voyait plus aucune issue. À chaque réponse, il s'enfonçait un peu plus et il se terrait dans son silence en baissant la tête. Léa fit signe au planton d'emmener le gamin et retourna à son bureau.
— Alors, Léa, le gamin a parlé ? demanda Sam.
— Pour se faire traiter de balance et en subir les conséquences ? Non, pensez-vous, il se protège ainsi que ses amis trafiquants. J'ai fait prévenir ses parents et je l'ai remis au juge pour enfants, qui décidera des suites à donner à cette affaire... Et dire que demain il sera remplacé par un autre gamin...
— Douze ans, quand même, ils commencent de plus en plus jeunes ! rajouta Sam.

— Que voulez-vous, les trafiquants leur montent la tête avec l'attrait de l'argent facile !
— Ce sont tout de même de la graine de délinquants, et leur avenir semble bien sombre... Mais leur inconscience les conduit à faire n'importe quoi. Ils ne se rendent pas compte, qu'une fois entrés dans le circuit, ils ne pourront plus jamais en sortir.

CHAPITRE XVII

Quelques jours plus tard, l'enquête piétinait toujours et Sam n'aimait pas cela. Il détestait cette période d'incertitude et de doutes qui précède une découverte cruciale. Il parlait tout seul en se rendant au commissariat.
— On n'a toujours pas de pistes sérieuses à part l'empoisonnement à la belladone, c'est fou çà ! Il va falloir trouver quelque chose de sérieux avant de se faire remonter les bretelles par le procureur. Il va encore trouver que les choses n'avancent pas assez vite et me polluer les oreilles.
Il ouvrit la porte de son bureau, salua Léa et accrocha son ciré jaune et son chapeau mou avant de s'installer à son bureau qui était recouvert de petits objets de toutes sortes, dont son mug jaune, *assorti à son imperméable* disait-il. Il reprit le résultat du labo en main et se gratta la tête.
— Pourquoi les pieds nus ? En cette saison ?
— Il transpirait peut-être des pieds !
— Il est vrai que c'est bon pour la santé de marcher pieds nus, mais pas en automne !
— Mais en hiver, marcher dans la neige est excellent pour la santé !
Sam regarda Léa d'un air dubitatif. Le téléphone sonna. Sam décrocha.
— Oui ? Où ? On arrive !
Un accident à l'*Auberge de la Forêt*. On y va, dit Sam en regardant Léa.
— On ne va pas se déplacer pour un accident ! Il suffit d'envoyer les bleus !

Sam Karo se dirigea vers le porte-manteau, mit son ciré jaune et vissa son chapeau sur la tête.
— Et si ce n'en était pas un ?
— On verra bien une fois sur place, rajouta Léa.
Léa, très observatrice, vit que Sam n'avait pas pris d'arme.
— Toujours pas d'arme ?
— Toujours pas. Ce n'est qu'un accident de toute façon.
— Jusqu'au jour où vous vous ferez descendre.
— Se faire descendre, c'est le meilleur moyen de monter… au paradis ! répondit Sam en s'aidant du geste.
— Vous pensez y avoir une place ?
— Absolument !
Léa sortit son arme du tiroir de son bureau, l'enfourna dans son holster et ils sortirent rapidement du bureau.
— Je prends la mienne pour vous couvrir, Sam, au cas où.
— Apparemment, ce n'est qu'un accident, donc je ne risque rien.
— Il ne faut pas toujours se fier aux apparences, vous le savez bien !
Sam ne répondit que par un grognement approbateur.

CHAPITRE XVIII

Sam et Léa se dirigèrent vers la voiture et démarrèrent en trombe. Ils arrivèrent sur les lieux de l'accident, en pleine forêt, et virent leurs collègues autour d'un grumier garé sur un parking. Plusieurs grumes étaient tombées du camion. Dans l'enchevêtrement des troncs, on pouvait distinguer les membres d'un homme qui dépassaient. Le corps écrasé à demi enseveli, les épaules de l'homme à l'envers étaient apparentes. Son visage était plein de terre, de trèfle mêlé à de l'herbe et du sang. Sam s'adressa aux policiers déjà sur place.

— J'espère que vous n'avez touché à rien.

— Non, commandant, on vous attendait pour les premières constatations, répondit un policier qui délimitait la zone autour du camion. Mais on a déjà demandé une grue pour le sortir de là.

— Merci Philippe ! Bonne initiative !

Sam s'approcha du cadavre et le fouilla un peu. Il extirpa de la chemise une carte à jouer : le roi de trèfle.

— Et de deux ! Je sentais bien qu'il n'y en aurait pas qu'un seul.

Le légiste, arrivé sur les lieux, s'approcha de Sam. Il fit un beau sourire à Léa.

— Vous êtes en beauté, Léa ! Vous nous avez manqué !

Léa se contenta de lui rendre un sourire grimaçant en penchant la tête. Ses yeux globuleux, signe d'une exubérance mal contrôlée, d'irritabilité et d'instabilité, effrayaient plutôt Léa. Autant dire qu'il n'avait aucune chance avec elle.

— Il voulait vraisemblablement vérifier l'arrimage de son chargement quand la chaine a lâché. Les grumes lui

sont tombées dessus et il s'est fait broyer comme dans un mikado géant.
— Oui, mais là, je ne peux pas faire grand-chose. La médecine légale a ses limites. Transformé en crêpe, je ne pourrais sans doute pas vous apporter beaucoup de précisions quant à l'heure de la mort, par exemple. Mais je dirais que c'est tout frais.
— La patronne de l'*Auberge de la Forêt*, qui a averti la police, a effectivement dit que cela venait d'arriver. Elle a entendu un énorme bruit suivi d'un grand cri et a vu depuis l'auberge, les troncs qui tombaient de la remorque.
— Quand vous aurez réussi à le sortir de là, je procéderai à une autopsie, sans grand espoir de pouvoir vous apporter des renseignements vraiment utiles. Tous les organes doivent être détruits en partie ou complètement, sous le poids des arbres.
Léa ausculta la chaine avec minutie. Son sens du détail avait souvent aidé à faire avancer des affaires difficiles, même si Sam lui reprochait souvent de pinailler.
— Sam, venez voir !
— Que se passe-t-il Léa ? Un nouvel indice ?
— La chaine n'a pas cédé toute seule. On l'a un peu aidée, regardez.
Elle lui montra la chaine métallique qui comprenait un maillon défectueux.
— Un maillon scié jusqu'à la moitié ! Joli ! Imparable !
— C'est donc bien un meurtre.
Sam se gratta la tête sous le chapeau.
— J'en ai peur. Deux meurtres en moins de deux semaines, mes vacances sont foutues. Je pense qu'il n'est

pas nécessaire d'avertir la presse car s'il s'agit effectivement d'un tueur en série comme je le pense, les gens risquent de fantasmer et de s'affoler.
— Vous avez raison, Sam. Cela risque de créer un vent de panique qui pourrait se révéler néfaste pour l'enquête.
— Allez tout de même recueillir les témoignages des clients, on ne sait jamais. Léa entra dans l'auberge en espérant recueillir des témoignages. Après avoir interrogé tous les clients ainsi que les habitués, elle revint vers Sam.
— Alors ?
— D'après les routiers de l'auberge, la concurrence est rude dans la filière du bois. Surtout entre les scieries Leblanc et Lamarre. Mais ils n'ont rien vu de suspect.
— Ils ne vont quand même pas aller jusqu'au meurtre !
— Peut-être que l'intention était seulement de ralentir la livraison des grumes. D'après les papiers retrouvés dans la cabine du grumier, il s'agirait d'Alexandre Danjou, quarante ans.
— Un dommage collatéral, quoi !
— Oui. Je pense que l'intention n'était pas forcément de tuer notre homme.
— C'est bien possible, Léa, il est vrai que la chaine aurait pu céder en roulant. Ils sont peut-être féroces entre eux, mais il y a des limites !
— Que certains ont franchies, apparemment !
— L'aubergiste m'a parlé d'une dispute qui aurait dégénéré, avec un certain Denis Vernon, chauffeur de la scierie Lamarre.

— Quoi qu'il en soit, nous allons vérifier tout cela. On va tout de suite se rendre chez Lamarre, concurrente de la scierie Leblanc. Elle n'est pas très loin. Nous y serons rapidement.
— Surtout si c'est vous qui conduisez, Sam.
Sam jeta un regard amusé à Léa, avant de prendre place derrière le volant.
— Attachez-vous bien, Léa, on ne sait jamais ! J'espère que vous avez une bonne assurance vie !
Léa obtempéra, mais elle n'était pas très rassurée quand Sam conduisait. Sur ces petites routes de montagne, il aimait se prendre pour un pilote de rallye et fonçait en coupant les virages. Après une petite course folle pendant laquelle Léa s'accrocha dans chaque tournant, ils arrivèrent devant l'usine Lamarre. La voiture freina sèchement en laissant des traces de dérapage dans les gravillons qui giclèrent partout. Léa était toute pâle et ne se sentait pas bien, mais elle se tut pour faire bonne figure.
— Ça va aller, Léa ?
— Je pense que oui, ça devrait le faire.
— Vous n'avez pas rendu votre quatre-heures, cette fois-ci, il y a du progrès.
Léa préféra ne faire aucun commentaire et sortit doucement du véhicule. Ils se dirigèrent tous les deux vers les bureaux. Ils se présentaient à l'accueil en exhibant leur carte.
— Commandant Karo et lieutenant Dauteuil. Nous souhaiterions voir le directeur...
— Un instant, je vous prie, dit la secrétaire en décrochant le téléphone. Monsieur Lamarre ? Deux policiers pour vous.

— Que veulent-ils exactement ?
— Dites-nous où se trouve son bureau, coupa Sam, on va lui expliquer de vive voix.
La secrétaire le leur indiqua
— Je vous les envoie, monsieur Lamarre.
Sam et Léa furent rapidement devant la porte à laquelle Sam frappa. Puis il entra avant qu'on l'y invite. Sam se présenta et Léa ensuite, toujours avec leurs cartes en main.
— Monsieur Lamarre ? Commandant Karo et Lieutenant Dauteuil.
Un peu surpris par leurs manières cavalières, le directeur les pria de prendre place.
— Que puis-je faire pour vous ?
— Nous sommes venus vous parler de l'accident de grumier appartenant à la scierie Leblanc à l'*Auberge de la Forêt*.
— Ah oui, je viens de l'apprendre... Triste nouvelle.
— Les nouvelles vont vite par ici, s'écria Léa.
— Tous les chauffeurs communiquent avec leur CB, donc... les infos circulent assez vite, oui !
— Le problème vient de la concurrence entre vos deux scieries.
— Elle a toujours existé ! Et c'est de bonne guerre !
— Sauf que votre petite guerre a fait une victime, cette fois-ci.
— J'ai appris, oui. C'est vraiment déplorable pour ce malheureux chauffeur, d'avoir perdu la vie dans cet accident...
— Sauf qu'il ne s'agit pas d'un accident, mais d'un meurtre, monsieur Lamarre.

79

Éric Lamarre accusa le coup avec un petit silence mais se reprit très vite.
— Quoi ? Vous ne croyez tout de même pas qu'un de mes gars aurait pu faire ça !
Léa reprit la parole pour calmer le jeu.
— Nous avons eu vent d'une altercation qui aurait eu lieu à l'auberge il y a quelques jours, entre la victime et un certain Denis Vernon, un de vos chauffeurs.
— Pensez-vous ! Il leur arrivait souvent de se quereller pour tout et rien, oui... Mais ils ont juste le sang chaud, c'est tout !
— Sauf que cette fois, nous avons un mort.
Le directeur de la scierie était secoué à l'idée qu'un de ses chauffeurs ait pu être à l'origine de ce drame. Il avait du mal à y croire.
— Pourrions-nous parler à ce Denis Vernon ?
Lamarre se tourna vers le tableau derrière lui, le planning des chauffeurs.
— Il est parti hier pour une livraison urgente. Il ne pouvait donc pas être là.
— Pourrions-nous avoir ses coordonnées, s'il vous plait ?
— Bien sûr, dit Éric Lamarre en appelant sa secrétaire. Préparez les coordonnées de Denis Vernon pour la police, je vous prie.
En raccrochant, il leur répondit que sa secrétaire allait leur remettre les coordonnées demandées à leur sortie, une façon polie de les congédier.
— Nous vous remercions pour votre collaboration, monsieur Lamarre.
— Je suis sûr qu'il n'a rien à voir dans cette histoire. Je le connais bien, vous savez...

— Nous vous tiendrons informé de l'avancée de l'enquête. Au revoir, monsieur Lamarre.
— Au revoir, dit-il avec un regard inquiet.
En sortant du bureau du directeur, Léa prit la feuille que la secrétaire lui tendait, en jetant un œil rapide.
— Cela m'a l'air assez complet. Merci beaucoup !
— Je vous en prie. Bonne journée !
— Bonne journée à vous !
Avant d'arriver à la voiture, Sam s'adressa à Léa.
— Convoquez-moi ce Denis Vernon pour demain matin à la première heure !
— Il faut d'abord que je vérifie s'il est bien revenu de livraison.
— Oui, enfin, le plus vite possible.
— Ok, Sam.

Denis Vernon, rentré de livraison, se présenta deux jours plus tard au commissariat, et fut accueilli par Léa.
— Bonjour, Monsieur Vernon, je suis le lieutenant Dauteuil. Le commandant Karo ne devrait pas tarder. Je vais vous auditionner comme simple témoin, pour l'instant...
— Pourquoi pour l'instant ? Ça peut encore changer ?
— Cela dépendra de vos réponses, monsieur Vernon.
— Je vous jure que je n'ai rien à voir avec la mort d'Alex !
— Nous allons en discuter ensemble, si vous le voulez bien.
Léa pénétra dans la salle d'interrogatoire avec Denis Vernon pour entrer dans le vif du sujet, et dans le but de le faire parler bien sûr.

— Vous connaissez bien Alexandre Danjou, de la scierie Leblanc, je crois ?
— Alex ! Pour sûr que je le connais ! On buvait souvent des coups ensemble à l'*Auberge de la Forêt*.
— Vous ne faisiez pas qu'en boire, vous en donniez, aussi !
— Ah, vous parlez sans doute de la petite bagarre d'il y a quelques jours !
— Oui, c'est bien là où je voulais en venir...
— Il y a effectivement eu un petit échange d'amabilités et quelques coups sans conséquences. Les copains vous le diront.
— Quel était le sujet de votre dispute ?
— Avec la concurrence, on veut toujours être celui qui transporte le plus de grumes. Il prétendait en avoir livré beaucoup plus que moi, alors je l'ai traité de menteur ! Et ça a dégénéré en bagarre.
— Il ne vous faut vraiment pas grand-chose ! Nous avons déjà interrogé vos amis et certains prétendent que c'était tout de même assez violent.
— Ben oui, ce sont des coups de poing, pas des caresses ! Mais bon, une fois calmé, chacun est rentré chez lui.
— Comme c'est Alex qui a eu le dessus, il est possible que l'idée d'une vengeance ait pu germer chez vous.
— Non, non. On avait réglé nos comptes et nous étions quittes. Il a reconnu qu'il avait légèrement exagéré, que c'était juste pour me provoquer. Qu'est-ce qui vous fait croire à une vengeance ?
— Une des chaines qui maintenait le chargement a été partiellement sciée.

— Jamais je ne commettrais de meurtre ! Je lui en voulais, c'est vrai, mais pas au point de le tuer. Certainement pas. En plus, je suis parti pour quelques jours faire une livraison à plusieurs centaines de kilomètres d'ici, et j'étais absent le jour du drame.
— La chaine aurait très bien pu être sciée avant votre départ en livraison.
— La chaine n'aurait pas tenu longtemps, si elle avait été sciée ! Avec le poids des grumes, elle aurait cédé au bout de cent mètres à peine. Je vous l'ai dit, je suis incapable de tuer quelqu'un. D'autant plus mon copain Alex !
— Bien, dit Léa, nous allons poursuivre nos investigations pour remonter jusqu'à la personne qui a commis cet acte abominable. En ce qui vous concerne, vous êtes libre. Mais vous restez à la disposition de la justice pour d'autres questions éventuelles.
— Merci Madame, dit Denis Vernon en se levant.
Ce qui fit sourire Léa, qui s'inquiétait de l'absence de Sam. Il arriva une demi-heure plus tard, et s'adresse à Léa qui était retournée à son bureau.
— Alors, ce suspect ?
— Ce n'est qu'un témoin, pour l'instant. Rien ne prouve qu'il soit à l'origine de ce sabotage. En plus, je comptais sur vous pour m'aider à l'interroger !
— Désolé, mais vous pouvez auditionner un témoin sans moi ! Vous êtes une grande fille, maintenant ! dit Sam en prenant place à son bureau.
Sam eut juste le temps d'éviter le crayon que Léa lui lançait avec un petit sourire coquin.

— En vous attendant, j'ai eu le temps de vérifier certaines informations. J'ai téléphoné à la scierie Lamarre pour confirmer l'alibi de Denis Vernon.
— Et ?
— Après vérifications, il s'avère qu'il était bien à plus d'une centaine de kilomètres de l'*Auberge de la Forêt* quand Alex s'est fait écraser par son chargement. Ce qui le met hors de cause. Et on ne lui connait pas d'autre ennemi.
— Il aurait pu scier la chaine avant de partir !
— Oui, mais il prétend que la chaine n'aurait pas tenu longtemps si elle avait été sciée, et je ne crois pas à sa culpabilité...
— Encore une fausse piste, alors... Plus cette enquête avance, moins j'y comprends quoi que ce soit.
— Ne vous en faites pas, Sam, on va y arriver ! On va trouver !
— Absolument !
Les deux policiers rirent de concert, car leur collaboration les avait rendus très complices.

CHAPITRE XIX

Chacun se retrouvait à son bureau avec beaucoup de questions sans réponse dans la tête.
— Le seul rapport entre les deux meurtres, ce sont les cartes. Des joueurs ou pire, des joueurs de poker. On va chercher dans les cercles de jeux, dit Sam.
— Autant chercher une aiguille dans une botte de foin. Vous connaissez la discrétion des casinos. Ils ne vous renseigneront jamais sur les identités de leur clientèle.
— Oui, mais pour l'instant, nous n'avons que cette seule piste, même si elle est plutôt mince, je vous l'accorde. Alors… à cheval !
Sam tendit une flasque à Léa.
— Malaga ?
— Beurk, non merci. Je ne sais pas comment vous pouvez avaler ça.
Sam en prit une rasade, remit le capuchon et se frotta les mains.
— Il faut les trouver… absolument !
— Vous vous rendez compte, que vous dites tout le temps *absolument* ?
— Absolument !
Ces mots déclenchèrent une salve de rires. Sam et Léa tapaient sur leur clavier à celui qui fera le plus de bruit. Ils se regardaient et pouffaient de rire comme des grands gamins.
— Au fait, personne n'est venu réclamer les corps ? demanda Léa une fois calmée.
— Non, ni l'un, ni l'autre. Personne. Il n'y a apparemment pas de lien entre eux. On patauge.

— Vous pataugez.
— Nous pataugeons, dit Sam en riant.
Sam prit un air sérieux tout à coup.
— Comme vous n'êtes dans mon service que depuis quelques mois, que diriez-vous de faire une pause en dinant ensemble, autour d'un repas qui durerait un peu plus longtemps que d'habitude, histoire de parler d'autre chose que du boulot et d'apprendre à mieux se connaitre ?
— Avec plaisir, Sam.
— Je vous invite, bien entendu.
— Le plaisir en sera d'autant plus grand, répondit-elle avec un petit sourire en coin.
— Je suis ravi que vous acceptiez, Léa. Et tout le plaisir sera pour moi.
— Mais vous avez raison, on ne se connait pas encore très bien. Alors allons à la découverte l'un de l'autre.
— On va faire ça, oui ! dit Sam en souriant.
Depuis le début de leur collaboration, ils ne faisaient que parler de travail et n'avaient pas encore eu l'occasion de se retrouver pour renforcer leur complicité.

Sam avait réservé dans un petit restaurant sympathique que Léa ne connaissait pas. Quand elle découvrit le lieu, elle fut impressionnée par l'établissement qui lui semblait être de qualité. Un maitre d'hôtel grand et maigre, les accueillit sur le pas de la porte.
— Bonsoir messieurs-dames, bienvenue au *Blanc Moulin*.
— Bonsoir, dit Sam. J'ai réservé une table pour 20 heures, au nom de Sam Karo.

— Tout à fait monsieur, votre table est prête. Veuillez me suivre, s'il vous plait.
L'homme les devança pour les accompagner à une table très bien située à côté d'un petit bassin où batifolaient quelques poissons rouges, et orné d'une végétation luxuriante. Le maitre d'hôtel aida Léa à prendre place et, une fois attablés, Sam engagea la conversation.
— C'est quand même sympa de se retrouver en dehors du boulot, non ?
— Oui, vous avez raison, Sam.
En regardant autour de lui, Sam prononça la phrase qui tue.
— On n'est pas bien, là ?
Léa répondit d'un joli sourire.
— Surtout avec cette sale affaire très complexe et la vôtre en plus, on est toute la journée sur les dents, on court dans tous les sens, et on n'a jamais le temps de souffler, de parler... de se parler ! Et d'apprendre à se connaitre.
— C'est bien vrai, Sam.
Le serveur vint apporter les menus et la carte des vins.
— Désirez-vous prendre un apéritif ?
Sam regarda Léa qui désapprouvait avec une grimace.
— Non, merci, répondit Sam au serveur. Nous allons faire notre choix.
— À votre service, dit le serveur en s'enfonçant dans la grande salle principale pour s'occuper d'autres convives qui venaient d'arriver.
Sam jeta un regard sur la carte et entama la conversation.
— Parlez-moi un peu de vous, Léa. Vous m'intriguez !

— Ah bon ? ... Que dire ? Il est toujours difficile de parler de soi, mais bon, en même temps, nous sommes un peu là pour ça.
Léa hésita quelques secondes et se lança.
— Je suis issue d'une famille d'universitaires. Mes parents faisaient des conférences sur la physique quantique dans tout le pays, ce qui les faisait changer de ville très souvent. Un soir, alors qu'ils rentraient d'un colloque, la voiture a fait une embardée dans une ligne droite, et a terminé sa route dans un ravin, tuant mes parents sur le coup. La police n'a pas réussi à en trouver la cause exacte. Comme il faisait beau et que mon père ne conduisait pas très vite, ils avaient du mal à comprendre comment cette sortie de route avait bien pu avoir lieu. Un témoin, qui venait en face et qui a eu très peur, a appelé du secours tout de suite. Mais il n'a malheureusement pas eu le temps de relever le numéro de la plaque d'immatriculation d'une voiture blanche, qui roulait très vite, et était sans doute impliquée dans l'accident. On n'a jamais pu le prouver, car on ne l'a jamais retrouvée. L'adolescente que j'étais alors s'est brutalement retrouvée seule et complètement perdue. C'est à ce moment-là, que j'ai décidé de m'engager dans la police, en espérant retrouver un jour ce salaud qui avait fui ses responsabilités, et de le lui faire payer.
Un silence lourd s'installa avec beaucoup d'émotion sur les visages.
— Vous avez de nouveaux éléments concernant cet accident ?
— Non, malheureusement. Il va falloir que j'y consacre un peu plus de temps. Je vais reprendre contact avec la personne qui s'était occupée de l'enquête à l'époque.

— Je pense que vous allez y arriver, Léa... Vous allez retrouver le coupable.
— J'y pense tout le temps, jusqu'à en faire des cauchemars, ajouta Léa. Certaines nuits, je me réveille en hurlant car j'ai l'impression de me trouver dans la voiture de mes parents quand elle tombe dans le ravin.
Elle sortit de sa torpeur et reprit son souffle un moment, puis elle questionna Sam.
— Et vous, Sam ? Qui êtes-vous ?
— Oh moi ! Après avoir poursuivi des études que je n'arrivai pas à rattraper, j'ai passé le concours d'inspecteur de police pour suivre les traces de mon père qui y avait effectué sa longue carrière. Ma mère était de souche paysanne, issue d'une famille d'agriculteurs depuis plusieurs générations. Elle ne se sentait pas très à l'aise en ville. Elle angoissait beaucoup à l'idée que son policier de mari prenait beaucoup trop de risques, et qu'il devait arriver qu'un jour il parte le matin et qu'il ne rentre pas le soir. Ils ont divorcé avant ma majorité. Deux mariages ratés et quelques tentatives avortées m'ont fait me résigner à rester célibataire. Mon travail me prend tout mon temps et une femme n'est pas prête à accepter cela. Mais j'ai gardé une solitude avec une porte toujours ouverte...
— Des enfants ?
— Oui. J'ai un garçon de trente ans qui est resté avec sa mère après notre divorce. Il fait des études de médecine. Et depuis plus de dix ans qu'ils sont partis, je ne les ai jamais revus, ni l'un ni l'autre. Je ne sais même pas où ils vivent...
— Votre fils ne vous manque pas ?

— Je pense à lui tous les jours, même si je sais qu'il me préfère sa mère. Il me faisait, lui aussi, d'éternels reproches quant à mes absences prolongées. Et sa mère en a rajouté une couche, évidemment. Elle a dû lui dresser un portrait peu flatteur de son père, histoire de m'enfoncer encore un peu plus et de l'éloigner de moi.
Un petit silence suivit cette confession difficile pour Sam, qui ne se confiait pas très facilement. Il disait souvent qu'il était comme les vieux moteurs qui avaient besoin d'un tour de manivelle pour démarrer. Il se lança tout de même dans un petit souvenir.
— J'avais tout de même fait une belle rencontre pendant une thalassothérapie en bord de mer, qui m'avait fait beaucoup de bien.
— La thalasso ou la rencontre, Sam ?
— Les deux, mais surtout la thalasso. Imaginez ! Des soins avec des douches massantes, des jets sous-marins, des bains d'algues, des bains bouillonnants et des massages divers et variés, il n'y a rien de tel pour être zen et détendu, dit Sam les yeux mi-clos, semblant revivre tous ces instants de bien-être rien qu'en les racontant.
— Et alors, cette rencontre ?
— C'était Madeleine. C'était elle, la fée qui me prodiguait tous ces bienfaits. J'avais une impression de paradis, et je n'en étais pas très loin. Nous nous sommes compris tout de suite. Une belle complicité est née rapidement. Je la faisais beaucoup rire et au bout de quelques jours, son regard avait changé. J'osai alors l'inviter dans un restaurant assez loin du centre de cure, car il était interdit au personnel d'avoir des relations avec des patients. Invitation qu'elle accepta tout de

suite, histoire de sortir un peu de sa routine. Après plusieurs soirées en tête-à-tête à boire et à rire, je lui avais proposé de prolonger un peu la nuit. Elle m'avoua alors qu'elle était mariée et que notre relation ne pouvait être qu'une parenthèse. Refroidi par cette nouvelle, j'ai pris la décision de ne pas continuer cette relation, agréable, mais inévitablement vouée à l'échec. J'avais envie de refaire ma vie, et avec Madeleine, ce n'était pas possible. Je me suis donc éloigné d'elle. Pendant les soins dans les jours suivants, je ne la faisais plus rire, et elle a eu du mal à l'accepter. Cela coïncidait heureusement avec la fin de mon séjour. Après quelques jours de tristesse, je me suis décidé à rentrer pour me plonger dans le travail pour oublier Madeleine.
— Mais cela aurait pu déboucher sur une belle histoire !
— Je ne pense pas. Vous savez, quand on prend le risque de fréquenter une femme mariée, on connait déjà un peu la fin de l'histoire, même si on ne veut pas y croire.
— Elle aurait pu tout quitter pour vous !
— Cela n'arrive que dans les films Léa, rarement dans la vraie vie. En plus, elle m'avait déjà prévenu qu'elle ne divorcerait jamais, alors...
Sam se reprit un peu, but une gorgée de vin et regarda Léa.
— Et vous, Léa, pas d'homme dans votre vie ? Jolie comme vous êtes, ils doivent tomber comme des mouches !
— Ceux qui sont tombés se sont évanouis dans la nature ! On fait tous des erreurs. Mais il y a parfois de belles erreurs, de celles que l'on ne regrette pas malgré tout ! Il parait que je suis invivable. Je suis trop absorbée par mon travail et ma quête de vérité.

— À nous deux, on fait la paire !
— Et quelle paire !
— Levons nos verres à toutes les femmes ! dit Sam, en alliant le geste à la parole.
— Et à tous les hommes !
Ils trinquèrent et se mirent à manger. Dans les assiettes qui venaient d'être servies, Sam avait choisi des rognons sauce moutarde avec des frites et Léa une bouchée-à- la- reine accompagnée de tagliatelles, son plat préféré.
— Je ne mange des frites qu'au restaurant, dit Sam, parce que je n'en fais jamais chez moi. La cuisine empeste la friture, et après, il faut prendre une douche et me changer de pied en cap.
— Vous avez raison, Sam, comme ça vous avez le plaisir des frites sans en avoir les désagréments.
— Absolument !
Les plats choisis étaient succulents et ils se régalaient en savourant chaque bouchée. À la fin du repas, le serveur débarrassa la table puis revint apporter la carte des desserts. Léa choisit un clafoutis aux cerises.
— Je ne vais pas prendre de dessert, il faut que je garde la ligne…, dit Sam en souriant.
— Vous n'avez pas de kilos à perdre, Sam. Vous vous faites du mal.
— Non, mais il faut que je me surveille quand même un peu, histoire de rester dans les normes sans tomber dans l'énorme !
Léa riait de bon cœur à ce jeu de mots. Elle attaqua son clafoutis.
— Vous savez que dans certaines régions, pendant la fête de la Cerise, il y a des concours de crachats de noyaux ? demanda Sam.

— Vous racontez encore des bêtises.
— Non, je vous assure ! Cela existe.
— Je suis curieuse de voir ça quand même !
— Mais il vous faudra attendre un peu. Vous savez, les cerises, en automne, sont tout de même plus rares que les châtaignes.
— On peut faire un concours de lancer de châtaignes, alors ?
— Soyons fous !
— Absolument ! lança Léa.
Sam ne put s'empêcher de rire en pointant son index menaçant. Après un dernier café, ils sortirent du restaurant, ravis de cette agréable soirée où ils avaient appris tant de choses l'un sur l'autre.
— J'espère que vous avez passé une bonne soirée, Léa !
— Excellente ! Encore merci pour ce bon repas. C'était un très agréable moment en votre compagnie.
— Je suis ravi, moi aussi ! Je vous ramène chez vous…
— J'ai la permission de minuit, rassurez-vous !
Sam jeta un œil discret sur sa montre : effectivement, ils étaient passés du soir au matin sans vraiment s'en rendre compte. Ils prirent place dans la voiture qui s'enfonça dans la nuit.

CHAPITRE XX

Jules Sorel avait pris ses marques auprès de Gilles Galland. Il se rendait régulièrement sur les chantiers pour effectuer les tâches impossibles à l'architecte handicapé. Ce jour-là, il grimpait par l'escalier de l'échafaudage pour aller sur le toit d'un immeuble en construction avec son casque et son plan sous le bras. Les ouvriers étaient déjà partis et il se retrouvait donc seul. Il inspectait le chantier, passant d'une pièce à l'autre en examinant tous les recoins avec son plan ouvert dans les mains, en prenant et reprenant des mesures pour vérifier si tout avait été fait dans les règles. Il vérifiait dans les détails s'il n'y avait pas eu de malfaçons, chose très courante dans le bâtiment. Son travail terminé, il sortit prendre un peu l'air sur un balcon du dernier étage. Du haut de l'attique, Jules Sorel contemplait la ville qui s'étendait au loin. À cette hauteur, il jouissait d'une vue panoramique. Il sourit à la vue d'un homme qui promenait son chien dans la rue longeant l'immeuble. Le chien aboyait et ils avançaient doucement tous les deux, d'un pas hésitant. Quand Jules se pencha en posant sa main sur la rambarde du balcon pour mieux l'observer, celle-ci céda. Il fut tellement surpris qu'il en perdit l'équilibre. Il essaya de se rattraper, mais en vain, au bord du balcon. Il fit une chute interminable dans un grand cri, crevant au passage une bâche de sécurité qu'il traversa et formant un trou en forme de carreau, avant de d'écraser plusieurs dizaines de mètres plus bas. Le corps se retrouva dans les gravats, désarticulé, mais vivant. Le gardien du chantier, attiré par le bruit, sortit de sa cabane et s'approcha de Jules Sorel qui ne bougeait plus. Il appela tout de suite du secours. Il fut rejoint par le promeneur avec son chien qui aboyait toujours, mais qui n'avait eu le temps que d'apercevoir un nuage de poussière, à l'endroit où Jules avait atterri. Il s'éloigna du corps en tirant sur la laisse du chien, car c'était un spectacle insupportable pour lui.

Les véhicules de police étaient arrivés les premiers, suivis des pompiers. Sam Karo suivait rapidement, accompagné de Léa. Claude Paradis, le légiste, déjà sur place, faisait les premières constatations. Jules Sorel a été placé ensuite délicatement sur une civière par les pompiers. Sam s'adressa au légiste.
— Bonjour, Paradis. Alors ?
— Bonjour Sam. Bonjour Léa. Un vol superbe depuis le quinzième étage… avant l'atterrissage !
— Ne me dites pas que c'est le saut de l'ange ?
— Je ne connais pas ce monsieur intimement, Sam. C'est la première fois que je le vois. Il est complètement cassé. On dirait un puzzle, mais il est encore vivant. C'est un miracle ! Il tend à Sam une carte dans un sachet en plastique.
— On a trouvé ça dans une poche de son pantalon, commandant.
— Le roi de carreau ! C'est le troisième de la série. Je crains qu'il n'en manque un pour faire un carré de rois ! Sam s'accroupit près de la civière. Il se tourna vers Jules Sorel et leurs regards se croisèrent.
— Agnès ! Agnès ! dit-il faiblement.
— C'est tout ? Dis-m'en un peu plus ! s'énerva Sam en s'adressant à Jules.

Il ne reçut aucune réponse car Jules venait de perdre connaissance. La civière fut emportée dans le véhicule de secours et d'assistance aux victimes des pompiers. Ce dernier démarra sur les chapeaux de roues toutes sirènes hurlantes et gyrophares allumés. Sam consulta la carte d'identité de la victime qui se trouvait dans son portefeuille.
— Jules Sorel, cinquante-deux ans, architecte. Il travaillait avec le cabinet d'architecture Galland selon ses cartes de visite.
Un policier s'approcha de Sam.
— D'après les premières constatations, la rambarde provisoire a été sabotée, Commandant. Il s'est appuyé dessus, a perdu l'équilibre et a chuté. Nous avons deux témoins : le gardien du chantier et un promeneur assez choqué.
— Amenez-les moi, on ne sait jamais !
Le gardien n'avait entendu qu'un cri et un grand bruit qui l'avait fait sortir de sa cabane pour prévenir les secours. L'autre témoin, un homme d'une soixantaine d'années qui se promenait avec son chien, parlait avec difficulté tant il était bouleversé par ce qui venait d'arriver.
— Quand j'ai entendu le cri, puis le bruit, je me suis dirigé vers le nuage de poussière provoqué par la chute, et c'est là que j'ai aperçu une femme blonde qui s'enfuyait en courant par-là ! dit-il en montrant la direction de son doigt.
— Mon Léon n'est plus très jeune et moi non plus, il faut que je le traine un peu et que je marche à son rythme, dit-il en désignant son chien.

— Vous pourriez me la décrire ?
— Je l'ai aperçue furtivement, vous savez. Je n'en suis plus très sûr, surtout avec toute cette poussière. Je dirais... les cheveux blonds mi longs, une tenue claire et l'allure très sportive, car elle courait très vite.
— Vous auriez d'autres détails ?
— Malheureusement non ! Ça s'est passé tellement vite.
— Merci de passer au commissariat pour y faire votre déposition. Vous pourriez vous rappeler d'autres détails, on ne sait jamais.
Un policier prit les coordonnées du témoin et l'homme quitta le lieu du drame au rythme lent de son chien. Sam s'adressa à Léa.
— Un roi de carreau, un témoignage flou, c'est maigre.
— Je dirais même plus, très maigre !
— Il a peut-être voulu désigner son assassin en disant Agnès ! J'espère que la victime pourra nous en dire plus qu'un simple prénom.
— S'il sort du coma !
— Ne parlez pas de malheur ! S'il meurt, on se retrouve au point de départ.
— La vie est un éternel recommencement !
— Ce n'est pas le moment de philosopher. S'il clamse, on est dans la merde. Et pas le moindre début de commencement d'une piste sérieuse au bout de trois homicides.
Son portable sonna.
— Karo. Oui ? ... Merde !
— Que se passe-t-il, Sam ?
— C'était le toubib. On jette tout et on recommence. Jules Sorel vient de passer l'arme à gauche dans l'ambulance qui l'emmenait à l'hôpital.

— On n'est pas couchés !
— Comme vous dites, Léa. On n'est pas couchés !
— Malgré le peu d'indices que nous avons, je suis sûre que nous finirons par trouver.
— Absolument ! Même si on doit passer des nuits blanches pour trouver le lien entre ces trois meurtres, on va chercher, on va trouver. Il faut que nous trouvions avant que le roi de pique ne les rejoigne au paradis !
Les deux policiers prirent leur voiture pour repartir. Une fois remis de leurs émotions, ils se retrouvèrent face à face à leur bureau au commissariat. Sam Karo s'adressait à Léa.
— Voyez si Jules Sorel avait une femme, des enfants. Cherchez dans son entourage proche, le voisinage, la routine, quoi.
En fouillant dans les maigres indices recueillis sur la scène de crime, Léa tomba sur la carte d'identité de la victime.
— Sa carte d'identité indique une adresse au 12 de la rue du Chevreuil. Je vais d'abord y faire un tour pour éventuellement trouver de nouveaux indices.
Elle prit son arme et s'habilla pour sortir. Sam en fit de même. La discussion continua en sortant du commissariat.
— Ok, allez-y. Moi, je vais voir au cabinet d'architecture de Gilles Galland, qui gérait le chantier, pour voir s'il peut m'en dire un peu plus sur cet oiseau.
— Ok. À tout à l'heure !
Sam Karo acquiesce et se dirigea vers sa voiture. Léa prit la sienne et démarra en trombe.

Sam entra dans le hall de l'immeuble d'architectes, en montrant sa plaque à la réception.
— Commandant Sam Karo. Je dois voir Gilles Galland tout de suite.
— Oui… un instant, je vais voir s'il est là.
La réceptionniste, un peu interloquée par la manière un peu véhémente de Sam, annonça la présence du policier. Elle lui fit signe de monter.
— Deuxième étage, porte 12. L'ascenseur se trouve derrière vous.
— Merci, dit Sam en se dirigeant vers l'élévateur.
Il entra dans le bureau indiqué avec sa carte en main pour se présenter à Nelly Malot, la secrétaire de l'architecte.
— Oui, on m'a prévenue. Monsieur Galland vous attend.
Sam pénétra dans le bureau en exhibant sa plaque.
— Bonjour commandant. La police criminelle chez moi ? Mais enfin, que se passe-t-il ?
— Je suppose que vous connaissez un certain Jules Sorel ?
— Oui, bien sûr, il travaille avec moi depuis quelque temps…
— Travaillait ! Il a fait une chute mortelle du toit d'un immeuble de bureaux que vous gérez. Et… ce n'est pas un accident. La rambarde de sécurité avait été sciée jusqu'à la moitié. Il a dû s'appuyer dessus, et quand elle a cédé, cela a occasionné une chute du quinzième étage, ne lui laissant aucune chance.
Gilles Galland accusa le coup difficilement.
— Mais qui a pu faire une chose pareille ? dit-il encore tout remué.

— C'est ce que nous essayons de découvrir... Vous lui connaissiez des ennemis ?
— Vu son talent, il a dû faire des jaloux, mais bon, on ne tue pas pour ça.
— Vous savez, on tue pour beaucoup moins que ça...
— Je suis un peu sous le choc. Désolé de ne pouvoir vous aider...
— Il n'est pas mort sur le coup. Avant de décéder, il a prononcé le prénom Agnès à deux reprises. Cela vous dit-il quelque chose ?
— Non, rien du tout. Peut-être sa femme ou sa compagne ! Nous n'avons pas vraiment eu le temps de trop nous étendre sur sa vie privée, vous savez...
Sam comprit que Galland ne lui serait pas d'une grande aide pour en apprendre beaucoup plus sur la vie privée de la victime.
— Je vous remercie tout de même. Au revoir, monsieur Galland.
— Je vous en prie, si vous avez d'autres questions, n'hésitez pas. Au revoir, commandant.

Léa Dauteuil s'installa à son bureau et interpela Sam qui venait d'arriver.
— La perquisition n'a rien donné. L'appartement est simple et fonctionnel, avec des meubles design, digne d'un architecte, quoi. L'enquête de voisinage n'a rien donné non plus. Jules Sorel était une personne discrète et aimable. Il ne faisait qu'entrer et sortir et peu de personnes l'avaient vu dans l'immeuble. Encore un de ses immeubles anonymes où l'on ne fait que se croiser. Pas de famille ni de relations dans le quartier. Et vous ?

— Pareil ! Gilles Galland n'a rien pu me dire qui puisse faire avancer l'enquête. Le prénom Agnès ne lui disait rien non plus. Demain, il fera jour ! dit-il en fermant son dossier et en repartant comme il était venu.
— Oui, à demain, Sam !
Sam Karo rentra à pied chez lui, se posant mille questions, flânant dans le jour finissant.

CHAPITRE XXI

Le lendemain, à son arrivée au commissariat, Léa repartit tout de suite sur une nouvelle intervention avec la brigade des stups, qui les emmena encore une fois sur le terrain de l'usine désaffectée de la zone industrielle du port. Comme elle n'arrivait pas à joindre Sam sur son portable, elle lui laissa un mot sur un *post-it* collé sur son bureau de Sam. Toute l'équipe de Léa étant au complet, elle filait rapidement vers l'adresse indiquée. Tous les policiers, équipés de gilets pare-balles, s'étaient déployés autour du bâtiment afin de bloquer toutes les issues, et limiter les possibilités de fuite. Ils avaient tous eu la description de leur collègue, un OPJ infiltré qui portait un gilet pare-balles discret sous forme de t-shirt blanc, pour bien le repérer et de ne pas le blesser. Ils n'eurent pas longtemps à attendre. D'après ses renseignements, ceux qui semblaient être les revendeurs étaient sur place à attendre les futurs clients. En effet, quelques instants plus tard, ils virent arriver les acheteurs dans deux voitures noires aux vitres teintées. Des hommes armés en sortirent et les transactions commencèrent. Léa communiquait par oreillette avec chacun des hommes de son équipe.
— On ne bouge pas avant mon signal. Il me faut un *flag*, dit Léa dans son micro à voix basse.
Tout le monde sentait monter l'adrénaline à quelques instants d'une intervention imminente.
— On va attendre que le paiement soit effectué. Je vous donnerai le top pour l'assaut. Attention, ils sont très certainement lourdement armés et dangereux. Restez prudents.

Après qu'un homme eut percé un des paquets et y eut enfoncé un couteau, la lame ressortit blanchie par la drogue. Il gouta du bout de la langue. Il fit un geste d'approbation de la tête. Les deux parties semblaient être tombées d'accord. Ils effectuèrent le paiement en espèces dans un sac noir, et commencèrent le chargement de la marchandise.
C'est le moment que Léa choisit pour donner l'ordre d'intervenir.
— À tous : maintenant !
Toute l'équipe se déploya en même temps pour créer un effet de surprise avec les sommations d'usage.
— Police ! Personne ne bouge ! Vous êtes cernés.
La surprise passée, les narcotrafiquants réagirent rapidement en ouvrant le feu sur les policiers avec un véritable arsenal composé d'armes de guerre, de fusils d'assaut, de pistolets mitrailleurs et de Kalachnikov. S'ensuivit un échange nourri de coups de feu dans un bruit infernal. Les balles sifflaient dans tous les sens, ralentissant la progression des hommes de Léa qui répliquaient. Dans ce déluge de feu, les véhicules des trafiquants réussirent tout de même à s'enfuir, laissant une partie de la marchandise à même le sol. Quelques blessés gisaient à terre. Le calme revenu, deux hommes préférèrent se rendre en voyant leurs compagnons au sol et baignant dans leur sang. Maria Lécuyer, qui s'était liée d'amitié avec Léa, balaya du regard la scène d'intervention, sans apercevoir son amie. Un policier, agenouillé près d'un corps un peu plus loin, leva la main.
— Officier à terre ! cria-t-il.

Marie comprit tout de suite qu'il s'agissait de Léa et se précipita vers elle. Elle gisait au sol, inconsciente, dans une mare de sang. Une balle l'avait touché à l'épaule gauche.
— Une ambulance ! Vite ! cria Marie.
Le policier obtempéra et appela du secours immédiatement. Avec sa formation de secouriste, Marie entreprit de lui prodiguer les premiers soins, même si Léa ne réagissait pas. Elle put néanmoins entrouvrir les yeux avant de perdre connaissance, la douleur devenant insupportable. L'ambulance des pompiers fit son entrée sur le terrain couvert de douilles, dont certaines de gros calibre provenant des armes des truands.
— Une balle lui a traversé l'épaule ! dit Marie aux pompiers.
Les pompiers auscultèrent rapidement Léa et la posèrent délicatement sur une civière pour l'installer dans le véhicule et l'emmener vers l'hôpital le plus proche à toute allure. Marie étant la plus gradée après Léa, elle donna les ordres pour embarquer les criminels ainsi que les blessés. Elle fit également ramasser toutes les douilles pour expertise. Les policiers se mirent à charger dans une de leurs voitures la drogue restée au sol. Pour les morts, elle appela le service funéraire et, une fois les corps embarqués, toute l'équipe rentra au bercail sans déplorer de pertes, mis à part la blessure de Léa et quelques égratignures chez plusieurs policiers.

Sam, mis au courant de la blessure de Léa par Marie, rendait régulièrement visite à Léa, sur son lit de douleur. Autant pour la mettre au courant de l'avancée de l'enquête que pour lui remonter un peu le moral.

— Alors, comment ça va ?
— Doucement.
— Je vous avais dit de faire attention, Léa. Les gars en face ne sont pas des tendres !
— Oui, papa, dit-elle en grimaçant, sa blessure la faisant horriblement souffrir.
— Le médecin m'a dit que la balle avait traversé l'épaule en passant entre l'omoplate et la clavicule, dit Sam. Vous avez eu beaucoup de chance qu'aucun organe vital n'ait été touché, comme une artère, par exemple !
— Si on veut, répondit Léa doucement.
— Pour ce qui est de notre affaire en cours, je vais continuer les investigations seul, ne vous en faites pas. Et je passerai de temps à autre vous informer des avancées de l'enquête. Mais le plus important maintenant, c'est de vous reposer pour guérir rapidement.
Après un petit moment de silence, il reprit.
— Vous nous avez fait très peur, vous savez.
Léa eut un petit rictus à ces paroles réconfortantes.
— Vous tenez quand même un peu à moi, alors ?
— Mais bien sûr ! Vous êtes un peu comme ma fille !
Léa esquissa un petit rire qui se transforma rapidement en grimace, sa blessure la rappelant à son bon souvenir.
— Vous êtes gentil, Sam. Vos paroles me font du bien. Merci.
— Et si vous vous en sortez, je vous adopte !
— Quand même pas, Sam, vous exagérez !
— Non, je plaisante, Léa. C'est bon pour votre moral et une guérison plus rapide.
— Je vais guérir vite, j'ai hâte de revenir travailler avec vous.

— Prenez votre temps, il faut que la blessure soit complètement guérie, avant d'envisager de refaire des bêtises ensemble.

Sam regardait Léa, immobilisée dans ce lit d'hôpital. Il pensait, avec raison, que ce qui était le plus douloureux pour elle, c'était d'être clouée sur ce lit et de se sentir inutile.

— Bon, je vais vous laisser. Vous avez besoin de quelque chose ? Un peu de lecture ?

— Non, c'est gentil, mais il y a un service de prêt de livres dans l'hôpital.

— D'accord. Alors à bientôt, Léa.

— À bientôt, Sam.

Sam sortit doucement de la chambre. Il tint sa promesse et informa régulièrement Léa de l'avancée de l'enquête.

Maria Lécuyer aussi lui rendit visite. Elle toqua à la porte et entra doucement dans la chambre en regardant Léa.

— Alors, comment te sens-tu ?

— Bof, raconte-moi plutôt comment s'est déroulée la fin de l'opération.

— Eh bien, pas grand-chose de nouveau : les trafiquants ont réussi à s'enfuir, mais nous avons quand même récupéré une bonne partie de la marchandise, mais pas l'argent du paiement. Plusieurs blessés dans leurs rangs, quelques redditions et deux morts aussi. L'OPJ infiltré nous a fait savoir qu'il s'en est tiré sans une égratignure.

— Ils visent bien, mes gars, quand même !

Maria sourit en approuvant.

— Les survivants ne parlent pas, bien sûr, malgré les années de prison qui les attendent. En insistant un peu, celui que nous avons isolé pour l'interroger nous a juste révélé où se trouvait l'endroit où ils revendaient leur came mais sans nous donner aucun nom.
— Cela vous permettra d'effectuer un nouveau flag. On doit absolument continuer la traque, murmura Léa. Ces gens inondent toute la ville avec leurs saloperies et contaminent toute la jeunesse de la région.
— Oui, tu penses bien qu'on ne va rien lâcher. Mais pense d'abord à te soigner, Léa, c'est ta priorité pour le moment. Dans ton état, tu ne peux pas faire grand-chose, de toutes façons. Ne t'inquiète pas, on va tout faire pour les empêcher définitivement de nuire.
— Je vous aiderai dès que je le pourrais, ajouta Léa.
— Je sais que tu tiens autant que moi à les coincer, et c'est aussi le cas de toute l'équipe. On va gagner la partie, tu peux en être sûre !
— Je vous fais confiance.
— Bon, je te laisse te reposer. À plus !
Maria salua son amie en lui jetant un regard compatissant avant de quitter la chambre. Elle connaissait assez bien Léa pour savoir qu'elle était impatiente de retourner sur le terrain. Être clouée sur ce lit d'hôpital était pour elle la plus grande des souffrances.

CHAPITRE XXII

Quelques jours plus tard, Sam travaillait à son bureau. Il vit Léa entrer dans la pièce le bras en écharpe.
— Bonjour Sam !
Sam était surpris de la voir déjà revenir après sa blessure.
— Mais... Vous êtes déjà sur pied ?
— L'épaule me lance encore un peu, mais je n'en pouvais plus d'être enfermée dans cette chambre d'hôpital. Si je n'étais pas sortie, je crois que je serais devenue folle !
— Mais vous l'êtes déjà un peu, non ?
— Je suppose que c'est un compliment ?
— Bien sûr, répondit Sam en riant. Je constate que le moral est bon. C'est la voie de la guérison.
— Bref, j'ai pris la décision de bouger et de reprendre doucement mon travail. Ne vous inquiétez pas, je leur ai signé une décharge pour pouvoir sortir avant la date prévue.
Sam était abasourdi par la volonté de sa collaboratrice.
— Comme vous ne disposez que d'un seul bras valide, je suis obligé de vous interdire le terrain pour l'instant.
— Bien sûr, Sam, mais pour le travail de recherche au bureau, dans le cadre de notre enquête, je peux très bien m'en sortir. C'est l'épaule gauche qui est touchée, et je suis droitière...
— Si vous le dites ! De toute façon, je n'arriverai pas à vous faire changer d'avis.
— Je vois que vous commencez à bien me connaître, quand même !

— Ben oui, à force... Mais cela doit vous poser quelques problèmes dans votre vie quotidienne ?
— Oui, mais je me débrouille. Comme vous me l'avez déjà dit, je suis une grande fille maintenant.
Sam répondit par un petit sourire. Léa était plus que ravie de retrouver enfin Sam et son bureau, qui lui avaient tant manqué. Quelques instants plus tard, Philippe, qui travaillait avec Léa et Sam sur leur enquête, entra dans le bureau avec un bouquet de fleurs.
— C'est pour vous, lieutenant, de la part de tout le personnel du commissariat, pour vous dire qu'on est contents de vous revoir.
— Merci beaucoup, Philippe, c'est très gentil. Vous remercierez tout le monde de ma part, pour ce geste qui me touche particulièrement.
Léa regarda Sam.
— Vous y êtes pour quelque chose, je suppose ?
— Moi, non. Pas du tout, répondit Sam avec un clin d'œil.
Léa se leva et entrepris de faire la bise à Sam, qui rougit comme un collégien amoureux.

CHAPITRE XXIII

Plusieurs semaines après sa blessure, l'épaule de Léa était complètement remise et elle avait retrouvé la motricité de son bras gauche. Elle était heureuse d'être à nouveau en pleine possession de ses moyens et de pouvoir continuer à seconder Sam sur l'enquête difficile qu'ils menaient ensemble. Alors qu'elle avait le nez dans les paperasses, un coup de fil la fit sursauter.
— Oui ? Dans le parc de la Tour ? En pleine ville, c'est de la provocation ! Mais c'est surtout très risqué pour une intervention, vu le nombre de gens qui s'y promènent. Ok, j'arrive !
Sam étant absent, elle prit son arme et sortit en trombe du commissariat. En croisant Philippe, elle lui demanda d'informer Sam qu'elle se rendait au parc de la Tour.
— Je transmettrais, lieutenant, comptez sur moi.
— Merci Philippe ! répondit Léa tout en courant vers sa voiture.
Elle téléphona à son équipe tout en marchant très vite.
— On se retrouve là-bas, sur le parking à l'entrée du parc de la Tour.
Ils furent rapidement sur place pour monter leur souricière. Le jour tombait. On était entre chien et loup. Les hommes regroupés autour des voitures, écoutaient le briefing de Léa pour que l'opération ait toutes les chances de réussir. Des gens se promenaient encore dans les allées du parc à cette heure, des amoureux, des promeneurs avec leur chien. Au fur et à mesure que les policiers les croisaient, ils leur demandaient de sortir du parc. Ils leur expliquaient qu'une opération de police

était en cours, et que cela risquait de devenir dangereux. Au fur et à mesure que la police avançait, le parc se vidait progressivement de toute présence. Les jeunes trafiquants, au pied de la Tour, trouvèrent bizarre ce silence soudain, mais pensèrent que les gens étaient rentrés chez eux et qu'ils pouvaient continuer leurs « affaires » tranquillement. Ils avaient choisi d'attendre leurs clients sous les arbres, près de la Tour, pensant qu'ils les protégeaient et les camouflaient. Toute l'équipe de Léa était en place, bien cachée dans les haies touffues ou derrière les grands arbres ; elle attendait que les clients se manifestent, ainsi que le signal de Léa. Les premiers consommateurs arrivaient un, à un, visibles grâce à l'éclairage de la tour, et, l'échange fric contre came rapidement effectué, puis ils repartaient discrètement. Comme il y avait plus de policiers que de trafiquants, ils les interceptaient dès la transaction effectuée, en leur mettant la main sur la bouche afin qu'ils ne puissent donner l'alerte et pour ensuite les exfiltrer dans leurs véhicules. Un groupe de plusieurs personnes venait s'approvisionner en même temps, moment que choisit Léa pour lancer l'assaut. Elle donna l'ordre d'intervenir dans son oreillette, et tous les policiers se mirent en mouvement en même temps. Les policiers fondirent sur les revendeurs et leurs clients. Ils furent si surpris, que, sans autre issue, ils levèrent les mains rapidement pendant que les policiers leur mettaient les menottes. L'un ou l'autre essayait bien de résister, mais c'était sans compter sur la détermination de l'équipe de policiers qui avait mis les pinces à tout le monde, avant de les emmener *manu militari* dans les véhicules et puis au commissariat. Une fois toutes ces personnes mises en cage, l'équipe se retrouva pour exprimer toute sa satisfaction.

— Opération réussie, lança Léa. C'est la fin du réseau du parc de la Tour. Ils ne pourront plus gangréner le centre-ville.

— Ni autour... ajouta Maria Lécuyer. Parce qu'ils avaient étendu leur activité sur toute la région. Leur trafic a été éliminé, et ils vont avoir une activité plus calme en cellule.

Toute l'équipe était ravie d'avoir pu enfin démanteler ce réseau qui sévissait depuis trop longtemps déjà. Ils avaient tous un grand sourire qui illuminait leurs visages. Léa téléphona au procureur fut ravi d'apprendre cette excellente nouvelle.

— Bravo à vous ! Mais restez vigilant, lieutenant Dauteuil. Les réseaux de drogue poussent comme du chiendent. Maintenant que le territoire est libre, il est possible que d'autres s'installent dans la région.

— Nous resterons sur le qui-vive, monsieur le procureur, vous pouvez compter sur nous.

— Félicitez toute l'équipe de ma part, pour cet excellent travail.

— Je n'y manquerai pas, monsieur le procureur.

Léa transmit immédiatement les félicitations du procureur, ce qui mit l'équipe en joie.

— On aurait dû en profiter pour demander une augmentation, dit l'un des policiers.

— De toute façon, il y a une prime prévue pour chacun d'entre vous !

Cette nouvelle mit les policiers en joie, et ils savourèrent ce moment, tout en se dispersant rapidement, conscients de pouvoir être rappelés à tout moment pour une nouvelle opération.

CHAPITRE XXIV

Le lendemain, dès son arrivée au bureau, Léa raconta toute l'histoire à Sam.
— La comparaison des analyses de la cocaïne saisie lors de l'échauffourée et de celle prise sur eux prouvait que c'était bien la même marchandise. Ils vont en prendre pour longtemps, je pense.
— Vous êtes terriblement efficace, Léa. J'étais sûr que vous alliez réussir à démanteler ce réseau de drogue.
— C'est un travail d'équipe, Sam. Sans eux, je n'y serais jamais parvenue.
— L'union fait la force, Léa. La preuve !
Léa prit place à son bureau, mit son arme dans un tiroir, et s'adressa à Sam.
— Je vais pouvoir m'impliquer complètement dans l'enquête en cours, maintenant.
— Absolument !
Cette expression les faisait toujours autant rire, l'un et l'autre.
— Vous m'avez manqué, je l'avoue…, osa Sam.
Léa ne voulant pas s'attendrir, changea de sujet rapidement.
— Alors, où en est-on avec ces meurtres ?
Sam la briefa sur l'avancée de l'enquête en cours. Des pistes sérieuses, mais toujours pas de preuves tangibles pour aucune des trois affaires. Que ce fût pour Charles Bavière, Alexandre Danjou ou Jules Sorel, toujours pas de soupçons sérieux pour incriminer un quelconque meurtrier. Sam restait sur son idée de tueur en série et n'en démordait pas. Léa avait des doutes… car il n'y

avait pas de profil d'un tel tueur, qui répète les mêmes gestes en agissant de la même manière avec les mêmes armes, et sur des victimes similaires. Les meurtres étaient autres, les modes opératoires n'étaient pas identiques et les victimes ne se ressemblaient pas vraiment, ce qui ne correspondait pas à ce type de criminel. Mais cela pouvait effectivement être le fait d'un criminel particulièrement intelligent…

CHAPITRE XXV

David Pallas, notre ambulancier, marchait dans la rue, visiblement heureux de se rendre à son travail. À un moment, il aperçut une femme qu'il eut l'impression de reconnaitre. Leurs regards se croisèrent et la femme eut une sensation de peur et se mit à courir, ce qui fit accélérer David pour la poursuivre. Il marchait vite, jusqu'à entrer dans l'hôpital public où il travaillait en courant. Elle l'entraina dans le bâtiment et monta quelques étages. Elle courut jusqu'au bout d'un long couloir d'une aile encore en construction, sortit en rabattant la porte qui avait une petite ouverture vitrée. David la suivait toujours en courant. Il vit son visage à travers cette ouverture vitrée, ce qui le décida à poursuivre sa course. Quand il arriva au bout du couloir, la femme cachée derrière la porte entre-ouverte la tira d'un coup sec pour l'ouvrir complètement. Surpris et entrainé par son élan, David bascula dans le vide pour venir s'empaler sur les pointes de la grille en fer en forme de pique.

Sam et Léa, appelés en urgence, arrivèrent sur les lieux déjà sécurisés. Sam inspecta le cadavre embroché sur la grille et dégoulinant de sang, quand quelque chose tomba de la veste de la victime. Il mit un gant en latex et ramassa une carte à jouer.
— Le roi de pique ! Ça y est, on est au complet. Nous l'avons notre carré de rois !
Il la tendit à un policier et la laissa tomber dans le sachet en plastique qu'il lui présentait ouvert.
— Envoyez ça au labo, en urgence absolue !

Le policier acquiesça et s'occupa de ce nouvel indice. En continuant sa fouille, Sam trouva la carte d'identité de la victime.
— Il s'agit de David Pallas, vingt-huit ans. Au moins, il a ses papiers sur lui, ce qui va nous faciliter la tâche.
Il remit la carte d'identité dans un autre sachet hermétique.
— J'ai peut-être les quatre rois, mais je ne suis pas plus avancé pour autant. Il faut que je trouve un lien entre eux au plus vite, si toutefois il y en a un.
Sam s'adressa au légiste.
— Alors, Paradis ?
— Encore un fou volant, dit-il en désignant la porte grinçante restée ouverte. Il a dû décoller de là-haut en courant. Sans doute surpris de trouver le vide derrière la porte, il a été emporté par son élan pour venir s'embrocher ici.
Après un petit silence, Paradis s'adressa à Sam.
— Un barbecue brochettes, ce week-end, ça vous dirait ?
— Paradis ! Comment pouvez-vous faire de l'humour dans de pareilles circonstances ?
— Ce n'est pas de l'humour, c'est une invitation !
Sam haussa les épaules et revint vers Léa qui s'était éloignée pour rendre ses tripes.
— Alors, Léa, ça va mieux ?
— Tout ce sang ! Je suis désolé, je crois que je n'arriverai jamais à m'y faire.
— Pensez-vous ! Dans quelques années, cela vous fera le même effet que du ketchup.
— Si vous le dites.
— C'est un métier qui endurcit, vous verrez.

Il sortit sa flasque de malaga, la tendit à Léa qui hésita avant d'en prendre une rasade. Léa fit une grimace après avoir bu. Tout son visage se contractait.
— C'est vraiment dégueulasse !
— En tout cas, ça remet les idées en place, pas vrai ?
Après une longue convulsion, elle reprit un peu ses esprits.
— Alors, vos déductions ? demanda Léa, en rendant la flasque à Sam.
Il montra les quatre doigts d'une main, les quatre doigts de l'autre et les imbriqua les uns dans les autres.
— Nous avons quatre cadavres avec quatre cartes. Quatre rois. C'est une similitude, mais pas forcément un lien entre eux. Mais je pense qu'il s'agit sans doute du même assassin, qui laisserait les cartes comme une signature. Même si le mode opératoire n'est pas le même pour chaque meurtre, ce pourrait tout de même être l'œuvre d'un tueur en série qui essaie de brouiller les pistes.
— Il se pourrait aussi qu'il y ait un imitateur, donc un deuxième tueur.
— Effectivement, ce n'est pas impossible. Bien que nous l'ayons déjà fait, nous allons une nouvelle fois éplucher le fichier du T.A.J. (traitement d'antécédents judiciaires), les listings et les vidéos de l'aéroport et les salles de jeux, contacter nos indics pour les tripots, etc. Mais avant cela, il faut absolument interroger tout le personnel de l'étage. Je pense qu'ils devaient tous connaitre cette anomalie qui a fait plonger David Pallas sur cette grille.

— Vous avez vu la taille du bâtiment ? Ça va me prendre un temps fou ! Il doit y avoir beaucoup de monde, quand même !
— D'accord, j'ai compris ! Je vais commencer par la fin du couloir et vous par le début. Ok ?
— Oui, on va bien trouver un ou plusieurs témoins qui auraient vu ou entendu quelque chose.
Au fur et à mesure de l'avancée des investigations, ni Léa ni Sam n'avaient pu récolter des renseignements utiles auprès du personnel de l'étage, susceptibles de faire progresser l'enquête. Quelques personnes avaient bien entendu des bruits de course dans le couloir, mais n'y avaient pas prêté attention car elles étaient en train de prodiguer des soins à des malades. Raison pour laquelle, au moment du claquement de la porte et du cri qui suivit, le couloir était désert.
— Oui, bien sûr que j'ai entendu le bruit de personnes qui couraient dans le couloir, dit une infirmière, mais j'étais en train de soigner une patiente très âgée et je ne pouvais pas la laisser seule. Le temps que je termine mon travail et que je sorte dans le couloir, il n'y avait plus personne.
— Merci beaucoup madame, dit Léa.
— Je vous en prie. Désolée de ne pas pouvoir vous aider vraiment.
Léa sourit à l'infirmière, car c'était la troisième personne qui lui avait raconté à peu près la même histoire. Les infirmières comme les aides-soignantes ont tellement peu de temps à consacrer aux malades, qu'elles ne quittent pas les patients si vite. Sam avait à peu de choses près, les mêmes réponses des personnes qu'il

avait interrogées. Même cette femme, un agent de service hospitalier dans sa tenue bleue, qui venait de laver le couloir, lui expliqua qu'ils auraient pu se faire très mal en glissant sur le sol mouillé. Sam la remercia pour son témoignage, en souriant. Après avoir interrogé toutes les personnes présentes, il revint au bout du couloir, près de la porte encore battante, et son attention fut attirée par une porte marquée *Lingerie*. Il s'adressa à une infirmière.
— Qu'y a-t-il derrière cette porte ?
— Le linge sale qui attend d'être emporté au lavage.
— Je pourrais jeter un coup d'œil ?
— Oui, bien sûr. Je vais vous ouvrir.
— Elle est toujours fermée à clé ?
— Oui, il n'y a que le personnel soignant qui a la clé, et ceux qui viennent récupérer le linge.
L'infirmière ouvrit la porte pour laisser entrer Sam, qui fit rapidement le tour de la pièce, pour en ressortir aussitôt, car l'odeur était assez forte.
— Du nouveau ? Sam, lui demanda Léa qui venait de le rejoindre.
— Du linge sale, c'est tout !
— Super ! Je sens que l'enquête avance !
— Au lieu d'ironiser, dites-moi plutôt ce que vous avez trouvé.
— En fait, pas grand-chose. Certaines personnes ont entendu des bruits de pas, d'au moins deux personnes, qui couraient dans le couloir. Mais personne n'a rien vu en dehors de la porte battante ouverte sur le vide.
— Il n'y a pas à dire, l'enquête progresse ! L'une des deux personnes est sans doute notre victime, et l'autre

notre assassin. Mais où est-il ? Il ne s'est pas volatilisé, tout de même ?
— Une autre personne a fait allusion à de petites querelles internes, mais rien de grave, semble-t-il.
— Vous avez son nom ?
— Oui, il s'agit d'une infirmière, Manon Soler, qui m'a donné ce tuyau.
— Bien. Allez la chercher et retrouvez-moi ici. Nous allons bien trouver un petit endroit pour l'interroger.
Léa s'exécuta et revint quelques minutes plus tard avec l'infirmière. Ils entrèrent dans une chambre vide, idéale pour un interrogatoire.
— Bonjour madame Soler, je suis le commandant Karo. Nous aurions quelques questions à vous poser concernant les querelles internes dont vous avez fait mention.
— Ce sont des personnes qui se sont plaintes pour harcèlement moral et physique, parfois.
— De la part de qui, demanda Léa.
— Surtout des ambulanciers. Quand ils amenaient un malade, ils en profitaient pour faire des remarques sexistes et laissaient parfois vagabonder leurs mains là où ils ne devraient pas. Ils recevaient des réponses de défense, jusqu'à des baffes parfois. Certaines des victimes avaient justement l'intention de se regrouper pour porter plainte contre eux.
— L'une d'entre elles n'aurait pas eu l'idée de se venger, peut-être ? dit Sam.
— C'est bien possible, mais pas au point d'aller jusqu'au meurtre.
— Une personne peut basculer rapidement, vous savez. Il suffit parfois d'un rien pour franchir la ligne.

— Si quelqu'un du service a commis ce crime, je ne vois pas qui cela pourrait être.
Léa regarda Sam qui haussait les épaules.
— Nous vous remercions pour votre aide, madame Soler.
— Elle ne vous aura pas été d'une grande utilité, malheureusement.
Un bip sonna dans la poche de l'infirmière.
— Désolé, il va falloir que j'y aille. Le personnel étant réduit, on doit courir deux fois plus.
— Je vous en prie ! Et merci encore, dit Léa.
L'infirmière acquiesça d'un petit sourire avant de fondre au bout du couloir et disparaitre dans une chambre.
— Je vais tout de même vérifier s'il n'y a pas eu de plaintes ou de mains courantes contre notre victime.
— Bonne idée, Léa. Cela nous mènera peut-être à une vraie piste !
— Mais... je n'ai que des bonnes idées, Sam.
— Je ne me permettrais pas d'en douter, Léa.
Ils échangèrent un petit sourire complice avant de retourner au commissariat.

Ils s'affairaient à leurs bureaux respectifs, afin de faire avancer l'enquête.
— J'ai cherché partout, et je n'ai trouvé aucune plainte ou main courante pour mains baladeuses à l'encontre de Davis Pallas, dit Léa.
— Je n'arrive pas à comprendre pourquoi les femmes ne portent pas plainte quand elles sont victimes de harcèlement.

— Pour certaines, c'est plus difficile que pour d'autres. Et le harcèlement moral est beaucoup plus difficile à prouver : c'est parole contre parole. Cela peut être un mari, un compagnon. C'est difficile de dénoncer une personne avec qui on vit depuis longtemps et avec qui on a eu une belle histoire et fait des enfants. Ce n'est pas facile non plus quand c'est un collègue, il y a toujours la pression et le chantage.
— Si elles ne se défendent pas, cela va continuer indéfiniment, et jusqu'au meurtre parfois !
Sam semblait désolé que les victimes ne se rebellent pas.

CHAPITRE XXVI

Le lendemain, Sam entra dans le bureau où Léa s'affairait déjà.
— Bonjour Léa, du nouveau ?
— Bonjour Sam. Je crois que vous avez eu du flair. J'ai trouvé un lien entre les quatre rois en visionnant les vidéos de l'aéroport.
Léa accrocha les photos sur un tableau en les commentant.
— Charles Bavière, 35 ans, mécanicien.
Alexandre Danjou, 33 ans, chauffeur de grumier.
Jules Sorel, 52 ans, architecte.
David Pallas, 28 ans, ambulancier.
— Ils sont très beaux, vos quatre rois, mais... le rapport ?
— J'y viens. Ils ne sont pas fichés chez nous, mais sont arrivés tous les quatre par le même vol en provenance de Nassau.
— Nassau... en Allemagne ?
— Mais non... Nassau, la capitale des Bahamas, dans la mer des Caraïbes.
— Ah bon, je me disais aussi... Mais comment ont-ils fait pour s'offrir les Bahamas ? Moi, je ne peux pas y aller... même en pédalo !
Il regarda Léa.
— Et alors ?
— C'est tout pour l'instant. Je continue mes recherches pour trouver où ils logeaient, leurs relations, etc.
— Et du côté de Gilles Galland, l'employeur de Jules Sorel ?

— Je l'ai rappelé et il m'a dit qu'ils travaillaient ensemble depuis environ six mois et que tout se passait bien. Il faisait correctement son travail et il n'avait rien à y redire. Que Sorel revenait, soi-disant, d'un chantier aux Bahamas après avoir passé dix ans là-bas. Je vais creuser de ce côté-là aussi.
— Bon. De mon côté, je vais voir dans les casinos des environs. Là, au moins, je peux y aller en voiture.
— Allez-y à vélo Sam, dit Léa en souriant, cela vous fera du bien !
— On oserait se moquer de son supérieur hiérarchique ?
— Non, non. Je ne me le permettrais pas.
Sam lui lança un sourire complice et sortit du bureau en vissant son chapeau sur la tête.
— En tout cas, vous feriez fureur aux Bahamas avec votre chapeau !
Sam Karo fit un signe de la main sans se retourner.

Léa continuait à s'affairer en parlant à voix haute.
— Aucune trace des quatre hommes sur le fichier des emplois de Nassau. Comment ont-ils pu vivre aux Bahamas sans travailler ? Bien sûr, aucun chantier là-bas où Jules Sorel aurait travaillé. Je m'en doutais un peu. Peut-être un coup de poker ? Le jackpot, comme ils disent. Je vais essayer les casinos, pourquoi pas.
Elle prit des renseignements par téléphone, envoya les photos, par mail, des quatre hommes à toutes les maisons de jeux de Nassau, sans plus de succès.
— Ils n'étaient tout de même pas invisibles ?

CHAPITRE XXVII

Sam passa dans plusieurs casinos de la région en montrant des photos des quatre individus. À chaque fois, les employés n'en reconnaissaient aucun. Sam remercia à chaque fois, pour repartir, dépité.
— Il doit y avoir au moins un casino qui devrait les reconnaitre, ce n'est pas possible autrement ! Quelqu'un devrait nécessairement se souvenir de leurs têtes ! Au moins un sur les quatre ! Eh ben non, un échec sur toute la ligne. Je suis fatigué. Épuisé !

Sam revint avec une petite mine. Léa continuait à travailler sur son ordinateur.
— Alors, Sam, bonne pioche ?
— Non, rien. Aucune trace dans aucun casino de la région.
— Je vous l'avais dit, Sam. Les casinos ne dévoilent pas les noms de leurs clients facilement…
— Il ne nous reste plus que les jeux clandestins. Et de votre côté, Léa ?
— Inconnus aux Bahamas. Aucun emploi à leur nom, et aucun casino n'a reconnu l'un ou l'autre de nos bonshommes.
— Et les hôtels ?
— Oui, là j'ai eu plus de chance. J'ai effectivement trouvé leur trace dans les plus beaux hôtels de l'ile, mais cela ne nous avance pas beaucoup…
— J'ai une hypothèse, dit Sam pensif. Nos hommes ont dû décrocher le gros lot en France et partir au soleil les

poches bien remplies. S'ils n'ont pas travaillé aux Bahamas, c'est qu'ils n'en avaient pas besoin !
— Ça se tient.
— Ce n'est qu'une hypothèse, mais pour l'instant, elle me parait la plus sympa.
— *Sympa ?*
— Plausible, si vous préférez.
— Je préfère. Et pour les tripots, que fait-on ?
— Je vais téléphoner à mon indic, et je vous parie ma chemise qu'il va nous trouver quelque chose à nous mettre sous la dent.
Léa regarda la chemise de Sam, rouge avec de grandes fleurs.
— Je ne parie pas, je préfère la mienne.
— De toute façon, une chemise c'est comme un vélo…
Léa le regarda interloquée.
— Ça ne se prête pas. Absolument !
Sam alla s'asseoir à son bureau au moment où son téléphone sonna.
— Sam Karo, j'écoute.
Le visage de Sam se transforma et s'illumina.
— Voilà une nouvelle qu'elle est bonne ! Je te remercie beaucoup.
Il raccrocha avec un sourire satisfait. Léa s'impatientait en le regardant.
— Alors, cette bonne nouvelle ?
— C'était mon indic. Il a dû sentir que j'allais l'appeler, et du coup c'est lui qui m'appelle.
— Les nouvelles sont si bonnes ?
— Plutôt, oui. Il vient de me signaler qu'il a vu nos quatre victimes dans un tripot clandestin dans la rue

Carroll quand il y était, il y a quelques semaines, mais pas forcément en même temps. Il accompagnait un « client » de la bande. Il a vu les photos dans le journal et les a reconnus tout de suite.
— Mais pourquoi n'a-t-il pas appelé dès le premier meurtre ?
— Parce que lui non plus, n'avait pas fait le rapprochement entre les quatre individus. Vous savez, Léa, dans un tripot clandestin, il y a plusieurs salles. Il y a souvent beaucoup de monde et beaucoup de fumée, alors...
— Excusez-moi, Sam, mais je n'aime pas trop le brouillard, sauf celui de Londres.
— Bref. Le fait est que nos quatre compères ont souvent joué dans cet endroit, qui, en fait, se trouve dans un immeuble dont la construction est arrêtée depuis six mois, pour cause de faillite de la société immobilière. D'après mon indic, ils avaient monté un coup pour plumer quelques pigeons et se renflouer avant de pouvoir repartir au soleil.
— Ils ne sont pas près de le revoir, le soleil, ajouta Léa.
— Comme vous dites. Ils vont avoir du mal à se mettre de la crème solaire maintenant. Vous croyez que les UV traversent le sapin ? dit Sam.
— Avec en plus, la couche de terre sur le ventre, ça va être dur !
— Absolument ! dit Sam en riant. Mon indic m'a aussi parlé d'une certaine Lydia.
— Lydia ?
— Oui, une prostituée qui accompagnait souvent Charles Bavière. Une Antillaise d'une trentaine d'années, selon lui. Il parait qu'elle tapine au bord du canal.

On y va.
— Vous avez besoin de moi pour voir les filles ?
— Seulement pour retrouver Lydia. En espérant qu'elle puisse nous aider.
— Vous avez de drôles de relations, Sam.
— On ne choisit pas ses indics, Léa, vous le savez bien.
Ils sortirent du bureau, montèrent dans la voiture et filèrent vers le canal.

Sam et Léa roulaient doucement le long du canal. Il faisait déjà nuit. Plusieurs prostituées étaient là à faire le pied de grue et attendre le client. C'est Léa qui conduisait.
— Repérer Lydia avec la description sommaire qu'en a fait votre indic, ça va être coton. Il y a plusieurs jeunes femmes de couleur. En plus, il n'y a pas que des femmes, il ne faut pas se fier aux apparences. La nuit tous les chats sont gris, dit-on.
— Vous m'avez l'air de bien connaitre les hôtes de l'endroit, Léa !
— Pas plus que vous, je suppose… C'est de notoriété publique !
— Ah non, je ne fréquente pas les dames du canal, je ne paie pas pour ça ! Même si je ne suis pas un grand séducteur, je me débrouille très bien sans…
— Si vous le dites !
Au bout de quelques minutes de maraude, Sam réagit.
— Arrêtez-vous, Léa, je crois que nous sommes arrivés. Vous disiez… ?
La voiture s'arrêta au niveau d'une jeune femme d'une trentaine d'années, les cheveux frisés, la peau sombre,

des cuissardes blanches et une minijupe assortie sous un manteau sombre. Sam baissa sa vitre et la jeune femme s'approcha, croyant avoir affaire à un client.
— C'est toi, Lydia ?
— Oui, c'est moi. Qu'est-ce qui te ferait plaisir ?
Sam exhiba discrètement sa carte de police.
— Que tu montes à l'arrière !
Lydia fut surprise par cette rencontre.
— Vous voulez m'empêcher de travailler, c'est ça ?
— Nous n'en n'aurons pas pour longtemps. Le temps de te poser quelques questions, et on te ramène sur ton lieu de travail.
Lydia hésita mais finit par s'installer à l'arrière du véhicule. La voiture démarra et alla se garer un peu plus loin, à l'abri des regards. Sam se tourna vers Lydia.
— Il parait que tu fréquentes un certain... Charlie ?
— Oui, c'est vrai. Je le vois de temps en temps, c'est tout. Je l'aime bien, il est gentil. Il y a d'ailleurs plusieurs semaines qu'il joue les abonnés absents.
— Et pour cause, on lui a coupé la ligne... définitivement !
— Vous voulez dire qu'il est...
— Froid et horizontal dans un plumier en sapin, taille XXL.
— Ne me dis pas que tu n'es pas au courant, on l'a retrouvé dans le canal où tu tapines.
— Mais non, je vous jure que je n'en savais rien ! On m'avait bien parlé d'un cadavre retrouvé dans le canal, mais sans plus de précisions ! Comme ne je lis pas le journal et que je n'ai pas la télévision, je n'avais pas fait le rapprochement avec Charlie.

— C'était pourtant bien lui que l'on a retrouvé noyé, flottant dans le canal, dit Léa.
— C'est triste... Mais de toute façon, il m'aurait laissé tomber un jour où l'autre. Les hommes, vous savez...
— Vous avez bien raison !
— Léa, nous ne sommes pas là pour philosopher sur la gent masculine, mais pour interroger Lydia, je vous le rappelle.
— Oui, chef !
Léa s'adressa à son tour à Lydia.
— Vous connaissiez ses activités professionnelles ?
— Il m'avait dit qu'il travaillait dans un garage du centre-ville, je crois, sur des voitures américaines. Mais il en parlait peu. Je pense qu'il devait avoir d'autres activités lucratives, sans doute pas très légales, parce qu'il ne me refusait rien.
— Et le tripot où il jouait au poker avec ses amis, ça ne vous dit rien ?
— Il ne m'emmenait pas partout, vous savez. Mais je l'ai accompagné une ou deux fois. Et c'est sans doute là qu'il devait lui arriver de gagner beaucoup plus en un soir qu'en un mois au garage. Certains jouaient gros. J'ai aperçu des billets de 100, 200 et même 500 € sur certaines tables.
— Votre adresse et numéro de téléphone, s'il vous plait.
Lydia Bellay s'exécuta et Léa nota ses coordonnées.
— Bon, vous me ramenez, maintenant ? Il faut que je bosse !
Sam lui donna sa carte de visite.
— Voilà ma carte, si quelque chose te revient...
Ils démarrèrent et déposèrent Lydia à l'endroit où ils l'avaient trouvé.

— J'espère que nous n'avons pas été trop longs, dit Sam. Tu as pu te réchauffer un peu, parce qu'avec ce froid, tu risques de te geler l'outil de travail. Mais tu peux toujours te plaindre à ton syndicat !
Lydia sortit de la voiture sans mot dire. Elle claqua la porte et la voiture repartit.
— Ce n'est pas gentil de se moquer d'elle. C'est un métier que l'on ne choisit pas forcément.
— Ce n'était pas méchant tout de même. Je sais bien que c'est dur pour elle, c'était juste un peu d'humour.
— Eh bien c'est raté ! Je pense qu'elle n'a pas trop apprécié votre humour.
— L'essentiel, c'est que nous savons qu'elle fréquentait Charlie et parfois le tripot clandestin. Apparemment, elle ne connaissait que lui. Pas les trois autres.
— Charlie a dû tout cloisonner, pour qu'elle ne soit pas mêlée à leurs combines. Il y a encore des hommes délicats !
— Absolument !
Ils affichaient de grands sourires tous les deux en rentrant au bureau.

—

Lydia Bellay, arrière-petite-fille d'esclaves, avait quitté son île natale après un ultime ouragan qui avait décimé son village et toute sa famille. Seule au monde après cette catastrophe, elle avait décidé de tenter sa chance en métropole, ne trouvant plus de travail sur place. Accumulant les missions d'intérim qui la laissaient à peine survivre, elle avait décidé de trouver une autre source de revenus.

Une amie aux origines africaines, rencontrée lors d'une de ces missions, lui avait parlé des passes qu'elle effectuait occasionnellement près du canal, pour arrondir ses fins de mois difficiles. Complètement fauchée, elle finit par se résoudre à suivre son amie, et à vendre son corps.

CHAPITRE XXVIII

Le samedi, Sam se permettait de prendre son temps quand il ne travaillait pas. Il se promenait le plus souvent à la fraiche, dans le parc près de chez lui. Assis sur un banc, il adorait observer les gens qui l'entouraient. Des couples se promenaient main dans la main au bord du lac, des dames sortaient leur toutou, à moins que ce ne fût le contraire, des enfants qui jouaient ou roulaient en draisienne, vélo ou tricycle. Il y vit également, ce matin-là, une jeune femme qui marchait doucement. Elle avait les cheveux longs et rouges, ce qui étonna Sam. Difficile de passer inaperçue avec cette couleur de cheveux ; ce devait sans doute être le but. Quand elle repassa dans l'autre sens quelques minutes plus tard, ses cheveux étaient noirs. Elle a dû hésiter entre le rouge et le noir, un dilemme stendhalien. Ou alors, elle n'a pas pu terminer sa couleur, faute de produit. Quand elle marchait, son balancement faisait pourtant onduler ses deux couleurs à chaque pas, en un mouvement synchronisé. Cette chevelure bicolore étonnait Sam, et il préféra sourire plutôt qu'en pleurer. Elle le faisait penser à un lévrier afghan bicolore, une nouvelle race de chien hybride ou peut-être en voie de disparition. Il se demandait ce qui pouvait bien se passer dans la tête de cette jeune femme d'une vingtaine d'années. Peut-être étaient-ils plusieurs sous cette tignasse ? Elle voulait sans doute simplement se démarquer des autres, ce qui arrive souvent chez les ados qui se cherchent. De ce point de vue, c'était plutôt réussi ; mais il ne fallait pas avoir peur du ridicule pour oser sortir ainsi. Interrompu dans ses méditations, il vit soudain deux femmes qui faisaient du jogging ensemble, écouteurs dans les oreilles. Arrivées assez près de lui pour qu'il puisse distinguer leurs visages, il reconnut Lydia.

— Tiens, tiens, se dit-il. Son amie ressemble fort à la description du témoin, lors du crime de Jules Sorel. Les cheveux blonds mi longs et l'allure sportive. Cela pourrait peut-être correspondre. Ces dames se connaissent ? Il va falloir éclaircir cela.

Il prit son portable et appela Léa qui décrocha après plusieurs sonneries.

— Léa ? C'est Sam. Je vous réveille ?

— Sam, mais enfin, c'est samedi aujourd'hui et je suis encore couchée.

— Désolé, Léa. Mais c'est important. Pendant que vous dormez, l'enquête continue, figurez-vous. Je suis assis sur un banc du parc, et devinez qui je viens de voir passer en courant ?

— Les devinettes, le samedi matin au saut du lit, vous savez...

— Lydia !

— Et alors ? C'est pour ça que vous me réveillez ?

— Pas seulement ! Elle n'était pas seule.

— Et alors ?

— L'amie avec qui elle courait ressemble étrangement à la personne que l'unique témoin du crime de Sorel, vous savez, le roi de carreau, a dit apercevoir ce jour-là.

— C'est peut-être une coïncidence ? Il doit y avoir beaucoup de femmes avec cette morphologie.

— Je ne crois pas aux coïncidences. Fiez-vous à mon instinct. Nous retournons voir Lydia Bellay dès lundi matin.

— Bon d'accord.
— Bonne nuit et bon week-end, Léa.
— Merci. Bon week-end à vous, Sam.
Sam coupa son portable, le mit dans sa poche et se leva pour rentrer chez lui et préparer son repas. Il soliloquait.
— Je ne me suis pas levé tôt pour rien, ce matin ! Je le sens. Quand je pense qu'il y en a qui dorment encore ! Quelle chance ! Moi, il y a longtemps que je ne dors pas plus de cinq heures par nuit. Une fois couché dans mon lit, je repense souvent à l'enquête en cours, en essayant de comprendre et de trouver une solution. Ce métier me ronge tellement que je vais finir en zombie. Et je ne pourrai plus travailler qu'à Halloween ! Là, au moins, je passerai inaperçu. Mieux que l'homme invisible, l'homme transparent dans la foule. J'aurai beaucoup plus de facilités à mener les enquêtes, étant insoupçonnable.
Le dimanche fut long et pénible, car là encore, il pensait à l'enquête en tentant de démêler le vrai du faux. Il faisait les cent pas dans son appartement en ruminant. Il tenta de regarder un film à la télévision, mais n'arrivait pas à se concentrer suffisamment sur l'histoire pour la comprendre. Il se posait des tas de questions à propos de Lydia et de cette femme qui l'accompagnait pendant son footing. Était-ce bien la femme aperçue par le témoin ? Son instinct lui disait que oui, mais il était tout de même en proie au doute, car il n'avait aucune preuve. Léa lui avait dit que sans doute beaucoup de femmes pouvaient correspondre à sa description. C'est un métier difficile et très prenant. Difficile pour les nerfs et

pour une vie équilibrée. Généralement, il faut faire un choix entre son métier et sa famille. Choix difficile qui, dans les deux cas, s'avère frustrant.

CHAPITRE XXIX

Le lundi matin, Sam arriva au bureau vers 9 heures, tout guilleret. Léa travaillait déjà.
— Bonjour Léa !
— Bonjour Sam, vous avez l'air en forme !
— En forme... de quoi ?
Léa, debout devant le tableau d'investigation, souriait. Elle appréciait les jeux de mots de Sam.
— Assez dormi ? Prête à aller voir *miss créole* ?
— Priorité au café, sinon je ne vais pas y arriver.
Léa regardait Sam, pensive.
— Mais... il est un peu tôt pour elle ! Si on y va maintenant, on risque fort de la réveiller, non ?
— C'est possible, mais l'enquête n'attend pas. On sonnera plusieurs fois, s'il le faut. Je vous rappelle qu'on enquête sur une affaire criminelle et en haut, dit-il en pointant le doigt en l'air, ils veulent des résultats.
— Bien au chaud dans leur bureau.
Sam mit sa main sur l'épaule de Léa.
— Il en faut bien qui travaillent, Léa !
Ils embarquèrent leurs affaires et sortirent du bureau. Léa posa son mug de café à peine entamé et prit son arme dans le tiroir.
— Allons justifier nos salaires.
Une fois sortis du commissariat, Sam et Léa prirent une voiture de service pour se rendre au domicile de Lydia à toute vitesse. Arrivés à l'adresse de Lydia, ils entrèrent dans l'immeuble. Léa sonna une première fois, puis une deuxième.
— Montons ! dit Sam.

— Vous allez y arriver, Sam ? C'est tout de même au troisième étage.
— Même pas peur, répondit-il en précédant Léa.
Ils prirent l'escalier et s'arrêtèrent devant la porte de Lydia. Sam y arriva, essoufflé. Léa sourit en le voyant récupérer sa respiration.
— On oserait se moquer de moi ? dit Sam entre deux inspirations.
— Je ne me le permettrais pas, Sam.
— Mais bien sûr !
Son souffle retrouvé, Sam se mit à sonner, mais sans de succès. Il sonna une seconde fois, s'accompagnant de coups de poing dans la porte. Au bout de plusieurs fois, la porte s'ouvrit enfin sur une Lydia visiblement tombée du lit, qui leur apparut en peignoir orange pastel légèrement transparent.
— Que me voulez-vous de si bon matin ? demanda Lydia encore endormie.
— Parler. On peut entrer ?
Lydia les laissa entrer sans protester.
— Café ?
— Je veux bien, merci, répondit Léa. Je n'ai pas eu le temps d'en avaler un au bureau.
S'adressant à Sam :
— Et vous ?
— Non merci, jamais pendant le service.
Il mit sa main à l'intérieur de son imperméable pour saisir sa flasque de malaga et en prit une rasade, ce qui fit sourire Léa. Lydia se dirigea vers sa cuisine pour préparer le café, pendant que Sam et Léa patientaient en regardant un peu partout dans la pièce. Lydia arriva

avec une carafe de café brulant, en versa une tasse qu'elle tendit à Léa et s'en servit une pour elle-même. Elle prit place dans un fauteuil. Sam la questionna.
— Tu cours souvent dans le parc ?
— Aussi souvent que possible. Pourquoi ?
— Je t'ai aperçue samedi matin, mais tu n'étais pas seule. Parle-moi un peu de ton amie.
— C'est Agnès, une occasionnelle. Nous nous sommes liées d'amitié et nous courons de temps en temps ensemble. À vrai dire, je ne sais pas grand-chose d'elle, sinon que son mari l'a abandonnée il y a longtemps et qu'elle a connu la galère. Malgré ses diplômes, elle n'a pu trouver du travail comme d'architecte d'intérieur et elle vient au canal pour mettre un peu de beurre dans les épinards.
— Agnès… comment ?
— Je n'en sais rien. Vous savez, dans ce métier, moins on en sait mieux on se porte.
— Et où habite-t-elle, cette Agnès ?
— Je n'en sais rien non plus.
— Vous êtes amies et tu ne sais pas où elle habite ? Tu te fous de nous ? dit Sam en haussant le ton.
— Mais non, c'est vrai. Elle vient au canal pour travailler ou au parc pour courir et en dehors de ça, on ne se voit pas.
— Vous avez au moins son portable ? demanda Léa.
— Oui, mais… qu'est-ce que vous lui voulez, au juste ? Elle galère suffisamment, sans en plus l'embêter.
— On veut juste lui poser quelques questions, c'est tout. La routine, quoi.

Lydia consulta son agenda et montra le numéro à Léa qui le nota sur son carnet.
— Ben voilà ! On avance ! Merci pour tous ces renseignements, dit Léa.
— Vous me promettez de ne pas lui faire de mal ?
— Mais non ! Rassurez-vous. On ne va pas la torturer, on n'est pas des monstres ! dit Sam.
Sam et Léa saluèrent Lydia en sortant de l'appartement. Elle les suivit du regard depuis sa fenêtre, en tenant sa tasse de café fumante, avec un regard rempli d'inquiétude.

Arrivé à proximité de la voiture, Sam s'adresse à Léa.
— Appelez cette Agnès, pour voir si on peut la rencontrer maintenant. Son prénom correspond, et l'abandon par son mari depuis longtemps, aussi. Je sens qu'on brule !
Léa composa le numéro d'Agnès et tomba sur la messagerie vocale.
— Bonjour, je suis le lieutenant Dauteuil de la police judiciaire. Nous aimerions vous poser quelques questions au sujet d'une enquête en cours. Pouvez-vous nous rappeler au commissariat ? Demandez le commandant Sam Karo. Merci.
— Si elle a quelque chose à voir avec le meurtre de Jules Sorel, elle va être sur ses gardes, dit Sam.
— C'est vrai. Mais en même temps, nous n'avons qu'un témoignage très flou, et rien ne nous dit qu'elle est mêlée de près ou de loin à ce crime. Et en plus, je n'ai parlé que d'une enquête, sans autres précisions.
— C'est vrai... Bah, nous verrons bien. En tout cas, il

nous faut une remontée d'appels, pour trouver la fréquence de ses contacts avec Lydia, avec les autres destinataires et ses coordonnées complètes.
Léa salua de façon militaire.
— *Yes, sir* !
— Et ta sœur ?
Ils rentrèrent dans la voiture pour repartir en direction du commissariat.

Une fois assis à leur bureau, Sam et Léa mordaient chacun dans un énorme sandwich. Léa décrocha le téléphone après avoir vidé sa bouche et bu un coup.
— Bonjour. Lieutenant Léa Dauteuil, commissariat central. Il me faut une remontée d'appels pour le numéro de portable que je viens de vous envoyer. C'est très urgent, bien sûr. Demain matin ? Super ! Merci.
Elle raccrocha le combiné.
— Vous appelez ça très urgent, demain matin ? Non, Léa. Très urgent, c'est aujourd'hui ! Ou mieux : hier !
— Pourquoi pas la semaine dernière, tant que vous y êtes ?
— Avec de la volonté, on peut y arriver. Absolument !
Léa sourit et secoua la tête.
— Bon, je vais retourner à l'appartement de Charles Bavière, pour voir si quelque chose nous aurait échappé. On ne sait jamais.
— D'accord Sam, à plus tard.
Sam s'habilla et sortit du bureau avec la conviction qu'il allait trouver de nouveaux indices.

À peine parti, le téléphone du bureau de Sam sonna. Léa décrocha le combiné, comme elle le fait toujours pendant son absence.
— Oui, lieutenant Dauteuil, bonjour ! Bureau du commandant Sam Karo.
— Bonjour, j'aimerais parler à mon père, s'il vous plait !
Léa dut s'asseoir tant la surprise était grande. Sam lui avait parlé d'un fils qu'il n'avait pas vu depuis une dizaine d'années. Elle ne s'attendait pas à son appel. Il lui fallait reprendre ses esprits un moment avant de pouvoir répondre.
— Euh... Il n'est pas là pour l'instant. Mais je suis sa collègue, si vous voulez lui laisser un message...
— Non... merci. Je rappellerai plus tard.
— Bon, d'accord. Au revoir !
Léa eut à peine terminé sa phrase que son correspondant avait déjà raccroché. Elle avait des difficultés à réaliser ce qu'elle venait d'entendre tant la surprise était grande. Elle se demandait si elle n'avait pas rêvé. Elle mit un certain temps à recouvrer ses esprits et se remettre au travail.
— Quand je vais raconter ça à Sam, il ne va pas me croire.
Elle dut attendre deux bonnes heures que Sam refasse surface. Elle avait eu largement le temps de se remettre de ses émotions. Quand Sam arriva enfin, elle lui demanda de s'asseoir. Il lui lança un regard inquiet.
— Quelque chose de grave à m'annoncer, Léa ?
— Grave, non ! Important, oui !
Léa ne savait pas où commencer.
— Mais enfin, vous allez la cracher, votre pastille ?

— J'y viens. Mais attention, ça va vous faire un choc.
Sam était un peu inquiet, tout de même.
— Je vous écoute, Léa.
— Eh bien voilà. Pendant votre absence, vous avez reçu un coup de fil... de votre fils !
Sam accusa le coup en s'appuyant sur le dossier de son siège qui grinça un peu sous le poids.
— Oh... ce n'est pas possible ! Et que vous a-t-il dit ?
— Rien de précis, à part qu'il souhaitait vous parler. Il a dit qu'il rappellerait plus tard... c'est tout.
— Il a déjà rappelé ?
— Non, pas encore.
— Je suis vraiment surpris qu'il se souvienne qu'il a un père. J'espère qu'il ne va pas m'annoncer une mauvaise nouvelle.
— Je ne pense pas, Sam. Il avait l'air plutôt joyeux.
— Joyeux ? Ce pourrait être une bonne nouvelle, alors !
— C'est tout le mal que je vous souhaite, répondit Léa. Vous allez peut-être être grand-père !
— Non, ne me dites pas ça, Léa, je prendrais immédiatement un sacré coup de vieux ! Mais c'est vrai qu'il a l'âge d'avoir un enfant, maintenant... s'il a rencontré la bonne personne.
Sam eut du mal à sortir de sa torpeur mais se ressaisit rapidement.
— Bon, revenons à nos moutons ! Essayons de rassembler nos idées !
Sam et Léa se concentraient sur l'enquête en cours, bien qu'il n'y eût guère d'éléments nouveaux ni de rebondissements dignes d'intérêt, même après de longues recherches. Au bout d'un long moment, le téléphone de

Sam sonna à nouveau. Il lança un regard mêlé de joie et d'inquiétude à Léa qui lui fit un signe de tête accompagné d'un sourire, pour le rassurer. Sam décrocha.
— Sam Karo, j'écoute !
— C'est moi, papa ! C'est Raphaël !
— Raphaël ? J'ai du mal à y croire, c'est vraiment toi ?
— Oui, papa, c'est vraiment moi.
— Ma collègue m'a dit que tu avais déjà essayé de me joindre. Je suis content de t'entendre après toutes ces années sans nouvelles. Ta mère va bien ?
— Oui, elle se porte bien. Elle ne sait pas que je t'appelle.
— Mais où êtes-vous, bon sang ?
— Maman ne veut pas que je te le dise…
Sam était décontenancé par cette réponse.
— Pourquoi m'appelles-tu, alors ?
— Pour t'informer que je viens de terminer mes études de médecine et que je suis officiellement médecin : Docteur Raphaël Karo.
— Félicitations ! Je suis vraiment fier de toi et content que tu réussisses ta vie. Tu exerces déjà, alors ?
— Oui, je travaille dans un hôpital public par choix car j'ai toujours voulu aider les gens.
— Et sauver des vies, aussi ! Déjà tout petit, tu t'étais engagé chez les pompiers volontaires pour les mêmes raisons.
— Oui, c'est vrai. J'ai eu la vocation très tôt.
— J'aimerais bien te revoir, Raphaël, tu sais.
— Moi aussi, papa, mais maman a tout fait pour nous séparer et je ne pense pas qu'elle soit d'accord pour que l'on se rencontre.

— Tu es majeur et vacciné, tu n'as pas besoin de son consentement. C'est ton avis qui m'intéresse, pas le sien.
— Tu sais bien que je me range toujours de son côté, c'est elle qui m'a élevé, tout de même !
— C'est parce qu'elle est partie en t'emmenant dans ses bagages ! J'aurais bien aimé te voir grandir moi aussi, dit Sam avec une grande émotion dans la voix.
— Tu sais bien que les circonstances ont fait que ce n'était pas possible. On ne peut pas revenir en arrière.
— Tout est de ma faute, de ma très grande faute, je le sais bien. Ta mère a dû bien noircir le tableau, je suppose, pour t'éloigner de moi moralement et physiquement ensuite. En se tirant dans une autre ville, loin de la mienne, pour que surtout il n'y ait aucun risque que l'on se rencontre par hasard.
— C'est la vie qui a fait de nous ce que nous sommes.
— Tu es médecin ou philosophe ?
— Je ressens juste le besoin de te parler de temps en temps, si tu veux bien. Maman n'en saura rien. Promis.
— Si le téléphone est le seul lien entre nous, c'est déjà un premier pas. Je te donne mon numéro de portable, c'est plus sûr que le bureau.
Sam lui donna son numéro de portable pour être certain d'avoir de ses nouvelles.
— Ok, j'ai bien noté ton numéro, papa. Je pourrai t'appeler plus souvent maintenant.
— Appelle-moi quand tu veux, mon fils, ça sera toujours un plaisir de t'entendre à défaut de te voir, et je m'en contenterai si tel est ton souhait. C'est toujours mieux que rien.
— Merci de me comprendre, papa. À bientôt !

— À très bientôt, Raphaël ! Et encore toutes mes félicitations !
— Merci beaucoup !
Sam raccrocha avec un sourire en demi-teinte. Léa, qui avait suivi la conversation, lui jeta un regard bienveillant.
— Je suis heureuse pour vous, Sam. Vous avez quand même renoué le dialogue avec votre fils.
— C'est plutôt lui qui l'a renoué avec moi ! Mais le téléphone, c'est toujours ça…
— C'est un premier pas important, non ?
— Oui, mais avec un petit arrière-goût de frustration tout de même.
— La situation peut évoluer, Sam. Je vous souhaite vraiment que vous vous retrouviez, avec votre fils.
— Nous verrons bien comment les choses évoluent…
— Ça va le faire, Sam.
— Puissiez-vous dire vrai, Léa.
— Sauf erreur de ma part, j'ai toujours raison, lança-t-elle.
Ce qui rendit le sourire à Sam.
— Bon, j'ai eu mon lot d'émotions pour aujourd'hui ! Je vais rentrer. Bonne soirée, Léa.
— Bonne soirée à vous, Sam. À demain.

CHAPITRE XXX

Sam venait à peine de partir, quand Léa fut à nouveau appelée en urgence. Elle prit son arme de service et fonça à l'adresse indiquée. C'était un petit café du centre-ville. Elle sortit de sa voiture en mettant son brassard de police et questionna les policiers sur place.
— C'est où ?
— Descendez aux toilettes, lieutenant, et vous comprendrez, lui répondit un policier en indiquant la direction avec la main. Un client est remonté paniqué des WC et a informé la gérante qui nous a avertis tout de suite.
Léa était étonnée qu'un homicide ait pu avoir lieu dans ce café à la réputation plutôt tranquille. Quand elle aperçut la jeune femme sans vie allongée sur le sol, un garrot au bras et la seringue encore plantée dans le pli du coude, elle comprit tout de suite qu'il ne s'agissait pas d'un crime, mais d'une overdose. Un mince filet de sang coulait de sa tête, sans doute occasionné par sa chute. Une trace sanglante sur le mur confirmait qu'elle avait dû se cogner la tête avant de s'écrouler. Quelques sachets de drogue, avec une cuiller pliée ainsi qu'un briquet, se trouvaient à côté du corps encore chaud. Un légiste faisait les premières constatations d'usage.
— Bonjour lieutenant, je suis Ferdinand Lacroix, légiste. Claude Paradis a eu un empêchement, et c'est moi qui le remplace sur cette affaire. Enchanté !
Léa, en regardant Ferdinand Lacroix, qui ressemblait étrangement à Toulouse-Lautrec sans le chapeau melon, pensa qu'il n'y en avait pas un pour racheter l'autre.

— Bonjour ! Alors, vos premières constatations ?
— Overdose, sans aucun doute possible ! Le garrot, la seringue... et les sachets de cocaïne autour d'elle indiquent qu'elle venait de se fournir chez son dealer. Si nous avions assez de kits d'antidote pour stopper les surdoses, j'aurais peut-être pu la sauver... Mais là, force est de constater que c'est malheureusement trop tard. Aucune trace de coups, quelques contusions et une vilaine blessure à la tête, probablement inhérente à sa chute. Je vais pratiquer une autopsie complète et je vous tiens au courant des résultats.
— Faites vite s'il vous plait !
— Je vais m'y mettre dès l'arrivée du corps à la morgue.
— Merci beaucoup !
La jeune fille, une superbe blonde d'une vingtaine d'années, gisait sans vie sur le sol carrelé des toilettes d'un café. Le service funéraire l'emballa dans une housse mortuaire avant de la porter à leur voiture et de l'installer délicatement dans une boîte métallique.
— Comment a-t-elle pu en arriver là ? Mourir comme ça, à côté de la cuvette des WC. Quelle déchéance, quelle façon sordide de finir sa vie, surtout si jeune.

Dès la première prise, la dépendance à la cocaïne s'établit rapidement. La dose doit être prise de plus en plus souvent, quitte à avoir recours au vol ou à la prostitution pour trouver de l'argent rapidement. Il faut absolument éviter un état de manque, véritable supplice pour la personne qui se tord de douleur. Souvent le fait d'une population marginale, elle peut toucher toutes les couches de la société.

Le légiste avait effectivement travaillé vite et il appela Léa pour l'inviter à se rendre à la morgue où il lui ferait part des derniers développements. Elle fonça toutes affaires cessantes, impatiente d'en savoir plus sur la victime. Elle ouvrit la porte si brutalement que le légiste sursauta.

— Bonjour docteur Lacroix, dites-moi tout !

— Bonjour lieutenant. Eh bien voilà : je vous présente Claire Rousseau, dix-sept ans. Déjà fichée pour quelques effractions dues à la drogue. Elle a bel et bien succombé à une surdose de cocaïne. Vu le nombre de traces d'injection, elle a dû s'adonner à des prises régulières depuis plusieurs années déjà. Il y en a également à l'intérieur des lèvres et entre les doigts de pieds, ce qui se fait souvent pour éviter que les marques ne soient trop visibles.

— Elle a commencé très jeune dans les drogues dures, alors ?

— Oui, elle a dû tomber dedans suite à de mauvaises fréquentations. L'effet de groupe faisant le reste. Elle n'a pas été violentée, et n'a aucune trace d'agression sexuelle. Elle était seule au moment des faits et s'est effectivement cogné la tête en tombant sur le sol. J'ai envoyé un échantillon d'un des sachets de cocaïne au labo, qui vous fera parvenir les résultats le plus vite possible.

— Merci beaucoup, docteur. Quel gâchis, tout de même.

— Oui, à son âge elle avait sans doute beaucoup de rêves à réaliser. Elle avait encore toute la vie devant elle.

— ... Qu'elle a abrégée en s'injectant cette saloperie.

— Bon, je vais attendre les résultats des analyses, pour trouver la provenance de cette coke. Je vous remercie d'avoir fait aussi vite. Bonne journée, docteur !

— Bonne journée, lieutenant.

Léa avait du mal à comprendre comment la victime avait pu tomber dans le piège aussi grossier de la drogue. L'effet de groupe, probablement. Après quelques recherches, elle apprit que Claire Rousseau avait perdu ses parents à l'âge de quinze ans. Placée dans un orphelinat, elle s'en était échappée à plusieurs reprises et vivait dans la rue depuis quelques années, n'ayant plus aucune famille.

CHAPITRE XXXI

Les résultats du labo se trouvaient déjà sur son bureau quand Léa arriva au commissariat ce matin-là. Les résultats des analyses démontraient que la drogue n'avait pas été coupée avec du lactose, ni avec de l'ammoniaque pour fabriquer du crack, mais qu'elle était pure à 90 %. Ce qui fit tiquer Léa.
— Non, ce n'est pas possible !
Elle se leva pour foncer aux archives afin de comparer ces résultats récents à ceux de la saisie de coke de la bande du parc de la Tour, effectuée quelques mois auparavant. Après des recherches dans les rayonnages des archives, elle mit enfin la main sur le dossier qu'elle cherchait. En l'ouvrant, elle tomba sur les analyses de la came effectuées à cette période.
— Bingo ! Je m'en doutais ! C'est la même marchandise. Soit ce sont des hommes de la bande qui ont réussi à échapper au coup de filet, soit c'est une nouvelle bande de dealers qui se sera installée sur leur territoire avec le même fournisseur, ce qui serait plausible. Dans les deux cas, une nouvelle enquête s'impose...

Léa informa Sam qui venait d'arriver au commissariat, tard dans l'après-midi.
— Cela m'attriste d'apprendre qu'une fille aussi jeune disparaisse dans des conditions aussi sordides. Mais vous êtes sûre que la drogue est la même que celle du parc de la Tour ?
— Oui, oui, j'en suis certaine, Sam. J'ai bien comparé les résultats d'analyse de la cocaïne avec celle d'au-

jourd'hui. Les caractéristiques correspondent à 100 %.
— Mais je pensais que vous aviez arrêté toute la bande ! Serait-ce possible que quelques éléments aient réussi à passer à travers les mailles du filet ?
— Probablement que oui. Soit ils nous ont échappé et écoulent leur stock, soit nous avons affaire à une nouvelle bande organisée.
— Ce qui, dans tous les cas, relance l'affaire.
— Comme vous dites, c'est reparti pour un tour, Sam !
— Si ce sont les mêmes, il vous sera plus facile de les intercepter, mais si ce sont d'autres trafiquants… ça va être chaud ! Bon, à demain, Léa.
Léa était étonnée que Sam reparte presque tout de suite après être arrivé, mais elle ne lui posa aucune question. Elle pensait que le jeune âge de la victime avait dû le secouer un peu quand même.
— À demain, Sam.
Léa suivit du regard Sam qui s'en allait doucement.

CHAPITRE XXXII

Le lendemain matin, Sam arriva et accrocha ses vêtements sur le porte-manteau.
— Bonjour Léa. Bonnes nouvelles dans notre affaire ?
— Bonjour Sam. Ça dépend. Asseyez-vous et écoutez ça.
— Encore ?
Cette réaction fit sourire Léa.
— Je viens de recevoir les fadettes de l'opérateur d'Agnès. D'après la compagnie de téléphone, il s'agirait d'une certaine Agnès Sorel.
— Agnès Sorel, tiens, tiens, cela me dit quelque chose. Ce n'est pas la copine de Charles VII ?
— Oui, mais ça, c'était au quinzième.
— … Arrondissement ?
— Siècle, Sam, au quinzième siècle !
— Je me disais aussi ! dit Sam content de son jeu de mots. Mais… Sorel, comme Jules Sorel ?
Léa opina du bonnet.
— C'est peut-être une piste sérieuse, cette fois ?
— Ça ne serait pas du luxe. Je vous rappelle qu'on n'a vraiment pas grand-chose à se mettre sous la dent. Elle pourrait être la silhouette aperçue par le témoin ?
— C'est possible. Il faudra lui poser la question avant de conclure précipitamment.
— Convoquez Agnès Sorel et Lydia Bellay pour demain matin à 9 heures.
— C'est déjà fait, Sam !
— Quelle efficacité ! Nous allons les confronter. Je pense que nous ne sommes plus très loin de la conclusion de l'enquête, maintenant. Si Agnès Sorel est, comme je le

pense, impliquée dans le meurtre de son mari, nous ne tarderons pas à le savoir. C'est bien son prénom qu'il a prononcé avant de mourir, non ?
— C'est exact. Deux fois, même.
— Oui, deux fois. Comme pour l'appeler… ou la désigner. Il ne nous a pas vraiment laissé le temps de comprendre le message. Il était tellement en mille morceaux qu'il aurait fallu au moins une semaine pour le reconstituer.
— Une sorte de puzzle, quoi !
Sam acquiesça en souriant.
— Il est malheureusement mort sans avoir pu nous en dire plus.
— C'est là que votre flair intervient.
— Absolument !
Le reste de la journée se passa calmement, chacun se livrant à des recherches pour l'une ou l'autre affaire.

CHAPITRE XXXIII

Le lendemain matin, Agnès Sorel arriva au commissariat à 9 heures. Elle entra dans la grande bâtisse et s'adressa au planton à l'accueil.
— Bonjour, le bureau du commandant Sam Karo, s'il vous plait.
— À quel sujet ?
— Je suis convoquée pour 9 heures.
— Premier étage, troisième porte à gauche.
— Merci !
Elle montait l'escalier et arriva devant la porte où les noms de Sam et Léa étaient affichés. Elle toqua plusieurs fois.
— Oui ?
Agnès ouvrit la porte et entra dans le bureau en s'adressant à Sam.
— Je suis Agnès Sorel. Vous m'avez demandé de passer.
— Oui, c'est juste. Asseyez-vous. Je suis le commandant Karo et voici ma collaboratrice, le lieutenant Dauteuil.
Agnès esquissa un sourire en direction de Léa. Sam prit la parole.
— Nous menons une enquête sur les meurtres de quatre personnes. Dans le cadre de nos investigations, nous avons interrogé une certaine Lydia Bellay que vous fréquentez un peu, je crois, et qui nous a donné vos coordonnées. Elle n'est pas avec vous ? Elle était également convoquée pour 9 heures.
— Non, je ne le savais pas. Mais elle n'est pas du matin, vous savez, et aura sans doute pris un peu de retard.

— Oui, bon, nous savons qu'elle n'est pas vraiment du matin, vu qu'elle travaille surtout la nuit. Nous allons donc commencer sans elle. Léa rejoignit Sam et se posa près du bureau.
— Madame Sorel, avez-vous des nouvelles de votre mari ? demanda Léa.
Agnès Sorel semblait surprise par cette question.
— Depuis qu'il est parti, voilà plus de dix ans, aucunes nouvelles. Et c'est mieux comme ça.
— Eh bien nous, nous en avons, dit Sam. Et des fraiches, en plus. Il a fait une chute en vol libre du haut d'un immeuble de quinze étages pour venir s'écraser dans des gravats. Il a juste eu le temps de prononcer votre nom à deux reprises avant de mourir.
— Il s'est souvenu qu'il avait une femme ? répondit-elle avec du mépris dans la voix. Il a eu des remords, après tout ce temps ? Alors qu'il m'a laissé tomber comme une vieille chaussette du jour au lendemain, sans aucune explication ? Ça m'étonne de lui. Il a laissé péricliter son cabinet d'architecture où je travaillais ainsi qu'une dizaine de personnes, et m'a laissée sans ressources. J'ai dû passer d'un appartement de 300 m^2 à un petit studio de 30 m^2.
— Peut-être a-t-il désigné son assassin ? demanda Léa.
— Moi, vous plaisantez ? C'est vous qui m'apprenez sa mort. Je ne savais même pas qu'il était revenu.
— Pourtant, vous ressemblez beaucoup au portrait fait par un témoin qui a dit avoir vu une femme blonde aux cheveux mi longs, ce soir-là, s'enfuir en courant.
Agnès Sorel sourit en rajoutant :

— Vous savez combien de femmes ont ma couleur et ma longueur de cheveux ?
Sam Karo, sans se démonter, lui demanda :
— Que faisiez-vous, ce mercredi vers 17 heures ?
— J'étais au parc, pour courir.
— Seule ?
— Non, avec Lydia.
— Que nous attendons toujours. Vous courez souvent ensemble, j'ai l'impression. Car je vous ai aperçues samedi matin toutes les deux.
— Dans mon métier d'architecte d'intérieur, j'ai beaucoup de temps libre. Et dans mon activité extra-professionnelle, il vaut mieux être en forme, vous savez. Lydia a dû vous en parler, je pense. On n'a pas la Sécurité Sociale ni de mutuelle quand on est malade.
— Bien. Nous ne manquerons pas de lui poser la question… si elle arrive ! dit Sam en jetant un œil sur la pendule qui indiquait 9 h 30.
Sam lui tendit une carte de visite.
— Bien. C'est tout pour le moment. Si quelque chose vous revient, n'hésitez pas à me joindre, à toute heure du jour ou de la nuit.
Agnès Sorel prit la carte, avec un sourire pincé et sortit du bureau accompagnée par un policier en uniforme.
— Alors, Sam, qu'en pensez-vous ?
— Il est vrai que les femmes blondes comme elle sont légion, mais mon flair me dit qu'elle sait quelque chose.
— Et Lydia ?
— Ah celle-là ! Elle ne perd rien pour attendre. Appelez chez elle et demandez-lui de venir immédiatement au commissariat.

Léa composa le numéro de Lydia.
— Elle ne répond pas. Bizarre, ça sonne dans le vide.
— Allez ! On file chez elle. Je vais lui faire passer l'envie de jouer les filles de l'air.

—

Agnès Sorel avait rencontré Jules dans le cabinet d'architecture qu'il dirigeait et avec lequel elle travaillait parfois. Elle n'avait jamais fait trop attention à lui jusqu'au pot organisé pour fêter une grosse commande qui allait fournir du travail à tous pendant plusieurs mois. Ce qui était pour elle une formidable opportunité de travail comme architecte d'intérieur dans l'agence. Le Champagne faisant son effet, elle eut l'occasion d'échanger avec Jules sur ce nouveau projet. Il lui proposa d'intégrer l'agence comme salariée. Rapidement tombée sous le charme de son patron, elle avait fini par l'épouser quelques mois plus tard et ils vécurent ensemble l'année d'après. Jules ayant bien calculé son coup, avec son addiction au jeu et aux femmes, avait prévu de partir en laissant la société péricliter et laisser ainsi tout le personnel et Agnès sans emploi, et donc sans ressources.

Sam et Léa arrivèrent chez Lydia et montèrent rapidement dans l'immeuble. Au moment où Sam allait taper à la porte, il s'aperçut qu'elle était entrouverte. Il la poussa doucement en regardant dans tous les coins. Léa avait sorti son arme et entra en premier pour couvrir Sam. Ils découvrirent l'appartement saccagé. Ils avancèrent prudemment, sans faire de bruit, et explorèrent

toutes les pièces du petit appartement. Léa inspectait dans la cuisine quand Sam l'appela depuis la chambre.
— Léa !
Elle arriva l'arme au poing dans la pièce. Elle vit Lydia sur le lit, gisant dans une mare de sang.
— Merde !
— Comme vous dites. Je comprends mieux pourquoi elle n'a pas répondu à la convocation.
— Elle a eu… comme qui dirait… un empêchement !
— Un empêchement de gros calibre et en sens unique ! Touchée en plein cœur. Elle n'a pas souffert. J'appelle Paradis, dit Sam en composant son numéro.
— Vous pensez à quelqu'un ?
— On l'aura tuée pour la faire taire ? Mais que savait-elle, au juste ?
— C'est juste !
— Agnès Sorel aurait pu remonter jusqu'à son mari par le biais de Lydia.
— Ça se tient. Mais pour ça, il faudrait qu'elle les ait vus ensemble dans le tripot clandestin par exemple, mais je ne suis pas sûr qu'elle fréquentait ce genre d'endroit.
— Nous allons à nouveau convoquer dame Sorel.

Claude Paradis arriva avec les hommes du service technique et scientifique et commença à observer le corps de Lydia.
— Alors ?
— À première vue, je dirais du 9 mm. Tiré à bout portant avec un Walter PPK, sans doute. Une arme facile à cacher dans une poche. Quelques traces de lutte.
— Quelques traces ? Vous rigolez ? Vous avez vu ce chantier ?

— Pour l'heure de la mort, je dirais... dix ou douze heures, pas plus.
— Ce qui nous fait entre 22 heures et minuit la veille. Elles ont dû se disputer, et ça a tourné au vinaigre.
— Pourquoi dites-vous *elles* ? Vous pensez à qui ?
— Je pense qu'Agnès Sorel a oublié de nous dire quelque chose.
— Vous pensez qu'Agnès Sorel aurait supprimé Lydia ?
— Elle n'avait pas de mobile, selon moi !
— Pas de mobile apparent, du moins. Nous allons la convoquer à nouveau pour éclaircir la situation avec elle.
Léa téléphona à Agnès Sorel afin de la convoquer pour le lendemain.

CHAPITRE XXXIV

Le lendemain, Sam et Léa entraient dans la salle d'interrogatoire pour venir s'asseoir en face d'Agnès Sorel.
— Bonjour madame Sorel. Où étiez-vous hier soir entre 22 heures et minuit ?
— J'étais chez moi, à regarder un film, seule. Et ce matin, je suis venue directement ici.
— Vous n'auriez pas fait un crochet chez Lydia, hier soir ?
— Non, je vous assure. Pourquoi, il lui est arrivé quelque chose ?
— On a retrouvé votre amie avec une balle en plein cœur.
Agnès Sorel sembla surprise.
— Non, ce n'est pas possible ! Mais qui a bien pu faire cela ?
— Elle va avoir des difficultés à courir avec vous, maintenant.
Agnès regarda Sam et Léa. Elle se prit la tête dans les mains et les larmes se mirent à couler. Elle prit un mouchoir dans la boîte que Léa lui tendait. Après un moment, elle se remit de ses émotions et s'adressa aux deux policiers.
— Vous n'allez tout de même pas m'accuser ? C'était ma seule amie ! La seule personne sur qui je pouvais compter en cas de coup dur.
Sam la regardait fixement en silence.
— Nous allons faire quelques prélèvements, afin de vérifier s'il n'y a pas de présence de poudre sur vos mains.
— Mais je n'ai pas d'arme ! Je déteste les armes à feu !

— C'est la procédure... Nous pensons que vous vous êtes servie d'elle pour remonter jusqu'à votre mari et ainsi pouvoir ainsi le supprimer. C'était donc prémédité. Pour Lydia, nous retrouverons l'arme du crime, croyez-moi sur parole.
— Vous soupçonnez tout le monde, de toute façon. Vos arguments ne tiennent pas la route. Vous n'avez rien contre moi.
— Pour le moment, vous voulez dire, répondit Sam sur un ton sarcastique.
Il prit le téléphone pour faire venir un gars de la scientifique. Les moments de silence étaient remplis de regards interrogateurs entre les policiers et Agnès Sorel. Rapidement, un homme en blouse blanche avec une mallette entra dans la pièce pour procéder aux prélèvements. Avec un tamponnoir, il tapota sur les mains d'Agnès Sorel qui s'y prêta de bonne grâce. Après la recherche des traces de poudre, le technicien prit également ses empreintes.
— Voilà, j'ai terminé !
— Merci !
Le technicien ressortit de la pièce.
— En attendant les résultats, nous allons vous inviter... à passer la nuit chez nous !
— Vous n'avez pas le droit !
Sam, en tant que vieux briscard, ne se laissa pas impressionner.
— Je vous signifie votre garde à vue à partir de ce jour, 10 h 28. Pour soupçons d'homicide sur les personnes de Jules Sorel et Lydia Bellay. Vous avez le droit de passer un coup de fil à un proche et de voir un médecin.

Vous avez droit à la présence d'un avocat. Je pense que vous allez en avoir besoin.
— Je n'ai pas d'avocat et je ne pense pas en avoir besoin, vu que je suis innocente.
— Si vous le souhaitez, vous en aurez un commis d'office.
Le regard pénétrant d'Agnès Sorel fit comprendre à Sam qu'il était inutile d'insister.
— Comme vous voudrez, madame Sorel.
Deux policiers arrivèrent pour emmener Agnès Sorel.
— Je vais prévenir le proc', dit Sam.
— Vous m'avez l'air assez sûr de votre affaire, Sam.
— Faites confiance à mon flair ! répondit-il Sam avec un petit sourire.
Sam décrocha le téléphone et appela le procureur.
— Monsieur le procureur ? Sam Karo à l'appareil.
— Bonjour Sam, que puis-je faire pour vous ?
— Je voulais vous signifier la mise en garde à vue d'Agnès Sorel dans le cadre de mon enquête sur les quatre hommes retrouvés morts, ainsi que sur Lydia Bellay, la jeune prostituée antillaise. Je la soupçonne fortement d'être mêlée au meurtre de son mari, Jules Sorel, et peut-être à d'autres encore.
— Je suppose que vous avez déjà des preuves !
— Oui, bien sûr. La rambarde a été sciée, ce qui a occasionné sa chute. Et un témoin a vu une femme correspondant à sa description quitter les lieux du crime en courant.
— Vous pouvez prouver que c'est bien elle ?
— Pas encore, mais je vais trouver des preuves bientôt !
— Ou des aveux ! Je l'espère pour vous, Sam. Dans le cas

contraire, il faudra la libérer sous vingt-quatre heures.
— Je le sais bien, monsieur le procureur, je le sais bien. Mais ne vous inquiétez pas, nous allons trouver des preuves suffisantes bientôt.
— Bien. Tenez-moi au courant !
— Bien sûr ! Je vous rappelle dès qu'il y a du nouveau.
Sam raccrocha en gardant un air inquiet, car il n'avait que son intime conviction, sans aucune preuve tangible.

CHAPITRE XXXV

Le lendemain au bureau, Sam Karo se retrouva en face de Léa Dauteuil.
— Je suis certain qu'on va trouver des traces de poudre sur ses jolies petites mains concernant le meurtre de Lydia Bellay. Quant au mobile… Pour son mari, le mobile peut être la jalousie, tout simplement ?
— Au bout de dix ans ? vous y croyez vraiment ?
— Le cheminement féminin est souvent labyrinthique, vous savez. Certaines personnes ont la rancune tenace.
— Vous avez l'air d'en connaitre un rayon, dites-moi.
— Après deux divorces, je commence à comprendre la logique féminine.
— Vous piquez ma curiosité, Sam. Expliquez-moi donc ça.
— Pour vous, les femmes, le chemin le plus court entre deux points n'est pas forcément la ligne droite. Vous trouvez les hommes sympas tant qu'ils font ce que vous voulez, après, ça change. On peut très vite passer de « chéri » à « connard », parfois.
— Les femmes sont sur terre pour taquiner un peu les hommes, c'est le jeu, aussi !
— Je veux bien vous croire. Enfin… taquiner ou un peu plus, si affinités.
Léa lui balança une gomme qu'il réussit à éviter en lui faisant une grimace.

Un policier apporta des papiers à Sam.
— Les résultats du labo ! Merci Philippe, on va enfin savoir !

Il parcourut le document quelques instants et sourit.
— Bingo ! Je vous l'avais dit Léa, qu'on trouverait des traces de poudre sur ses jolies mains. La comparaison avec les traces sur le corps prouve qu'il s'agit bien d'éléments identiques appartenant à la même arme. La voilà, la preuve !
— Arme que nous n'avons toujours pas retrouvée.
Sam avança les feuilles d'une main en les tapotant avec ses doigts.
— Avec ça, elle va se mettre à table et nous dire tout ce que l'on veut savoir.
Sam s'adressa à un policier.
— Amenez-moi Agnès Sorel en salle d'audition.
Le policier acquiesça et partit. Il revient avec Agnès menottée dans la salle d'audition où Sam et Léa avaient déjà pris place.
— Asseyez-vous, je vous en prie.
Le policier enleva les menottes d'Agnès. Elle prit place sur une chaise en face de Sam et Léa.
— Merci, dit Sam Karo en s'adressant au policier.
Le policier se retira mais resta dans la pièce. Il s'adressa ensuite à Agnès :
— Alors, vous vous plaisez, chez nous ? Avez-vous bien dormi ? La soupe est bonne ?
Agnès ne répondit pas et se contenta de le fusiller du regard.
— Nous avons la preuve scientifique que les traces de poudre sur vos mains sont identiques à celles retrouvées sur le corps de Lydia, ajouta Léa. Qu'avez-vous à répondre à cela ?
Agnès réfléchit longuement à sa réponse.

— Inutile de nier devant ces preuves irréfutables, ajouta Sam.
Agnès finit par craquer. Elle parla calmement.
— C'était un accident. Je l'ai menacée verbalement d'abord, mais la conversation s'est animée, dans une très grande tension.
— À quel propos, votre conversation ?
— Elle m'avait prêté de l'argent pour que je m'en sorte, mais cela ne me suffisait pas. Je lui en ai demandé un peu plus, mais elle a refusé. Elle m'a expliqué qu'il fallait que je m'en sorte par mes propres moyens, sans toujours compter sur les autres. J'ai alors essayé de me rapprocher d'elle, de la caresser, de l'embrasser en lui disant combien je l'aimais tout en la dirigeant vers la chambre.
— Et alors ?
— Elle m'a repoussée violemment en me disant qu'elle préférait les hommes ! J'ai sorti mon pistolet pour lui faire peur et on en est venues aux mains. Dans la lutte, le coup est parti. Lydia s'est écroulée sur le sol dans un bruit sourd. Incapable de réaliser ce qui venait d'arriver, j'ai mis l'arme dans mon sac à main et dans l'affolement, j'ai mis du désordre dans l'appartement pour faire croire à un cambriolage. Puis je me suis enfuie en courant.
— Ce qui m'étonne, c'est que personne n'ait entendu la détonation !
— Lydia avait commencé à me frapper avec un gros coussin...
— Coussin qui a amorti le bruit du coup de feu.
— Peut-être, je ne sais pas.

— Nous avons effectivement trouvé des plumes près du corps de Lydia qui confirme cette hypothèse, dit Sam. Et qu'avez-vous fait de l'arme ?
— Elle est chez moi dans la bibliothèque, cachée derrière *Guerre et Paix*.
— Et votre mari ?
— Quoi, mon mari ? Vous voulez absolument me mettre ça sur le dos. Je vous l'ai dit, je ne l'ai pas tué. Je ne savais même pas où il était. Il m'a laissée dans le dénuement le plus total. Il a payé pour tout le mal qu'il m'a fait. C'est tout. Fin de l'histoire.
— Sa mort vous réjouit, on dirait ?
— Je ne vais tout de même pas pleurer ce salaud ?
— Vous ne saviez pas non plus que votre mari et Lydia se voyaient dans un tripot clandestin, où elle était chargée de distraire les clients ?
— Non, pas du tout. Je l'ignorais.
— Et l'arme, d'où vient-elle ?
— Je l'avais trouvée dans le barda que mon mari avait laissé en partant. Il n'a pas toujours été architecte, il a fait quelques bêtises dans sa jeunesse…
Léa déposa une feuille sur le bureau avec un stylo, devant Agnès Sorel.
— Voici votre déposition. Je vous demande de la relire avant de la signer.
Elle signa sa déposition, et le policier lui demanda de se lever pour qu'il puisse lui remettre les menottes, avant de l'emmener.
— Vous pensez vraiment qu'elle a tué son mari ? demanda Léa.
— Mon intime conviction est faite, en effet. Je pense que Lydia est… était le lien entre Agnès et son mari.

— Pour quel motif, d'après vous ?
— Le plus vieux motif du monde : la vengeance !
— Dix ans après ! Elle a la vengeance tenace !
— Que voulez-vous, Léa, c'est l'amour !
— C'était l'amour !
— Elle ne lui a sans doute jamais pardonné. Et vous, l'auriez-vous fait ?
— C'est vrai que c'est dur de se faire larguer comme ça, répondit Léa pensive. Quant à aller jusqu'au crime…
— Il y a des gens qui tuent pour beaucoup moins que ça.
— C'est triste, tout de même.
— Oui, mais cela veut dire aussi que nous ne serons jamais au chômage !
Sam se rhabilla et quitta le bureau.
— Je peux vous offrir un verre ?
— Non, merci. Il faut que je me vide la tête.
— Alors à demain, Léa.
— Je vais aller assister à un concert de jazz, ça va me détendre.
— Bonne soirée, alors !
— Merci Sam. À demain.

Après avoir pris une bonne douche et s'être changée, Léa sortit de chez elle pour descendre la rue qui menait à sa boîte de jazz préférée, *Le Blue Rabbit*. Elle entra et s'attabla en commandant un mojito. S'y produisait, ce soir-là, un orchestre exclusivement composé de femmes, ce qui est rare dans le jazz. Après les longues minutes d'installation, les musiciennes se mirent en place et la chanteuse vint sur scène sous les applaudissements. Elle se mit derrière son micro pour remercier le public, avant de débuter le concert. Elle fit un signe pour que la batterie donne le top et commença à chanter. Elle avait une voix sublime et envoutante, à peine accompagnée par la discrète contrebasse, et légèrement soutenue par les doigts agiles et graciles de la pianiste. La caresse lente et légère des balais sur la caisse claire de la batterie donnait un rythme suave. La saxophoniste jouait en harmonie avec la voix de velours de la chanteuse pour compléter le frisson occasionné par la fluidité subtile de sa voix. Ce duo révélait toute la douceur de cet accord parfait. Parfois, dans une échappée en solo, la virtuosité de la pianiste, dont les doigts semblaient survoler les touches blanches et noires, déclenchait une salve d'applaudissements. Après ce morceau envoutant, le solo de batterie donna le rythme d'un morceau effréné, qui mit le public en transe. Sur un autre morceau, les doigts de la clarinettiste s'animaient sur son instrument pour faire jaillir une musique nouvelle, jamais entendue jusqu'alors. Le saxophone soprano aussi faisait des merveilles de douceur et caressait les oreilles du public. Certains morceaux n'avaient pas vraiment de fin, et le public hésitait entre applaudir ou laisser se prolonger la magie du moment.

Léa était vraiment ravie et détendue par sa soirée. La légère ivresse, après plusieurs verres, était grisante. Elle était dans un état second, mais pu rentrer sans encombres. Elle eut tout de même un peu de mal à introduire la clé dans la serrure de sa porte, avant d'entrer, trouver sa chambre, s'étirer sur son lit et plonger sous la couette pour un sommeil réparateur.

CHAPITRE XXXVI

Après les recherches approfondies de Léa et Maria, il s'avéra que les dealers réapparus dans l'affaire de l'overdose de Claire Rousseau ne pouvaient effectivement être que des rescapés de la bande du parc de la Tour, car aucun nouveau gang ne leur avait été signalé. Mais elles pensaient qu'ils n'étaient tout de même pas assez stupides pour leur faciliter la tâche en dealant au même endroit. Après plusieurs nuits de planque avec Maria, Léa aperçut une personne sous les arbres de la Tour dans un petit échange furtif.
— Ils ne sont tout de même pas cons au point de reprendre leurs affaires au même endroit ? dit Maria.
— Il faut croire que si. Il doit avoir une déficience mentale, celui-ci. Mais, ce n'est peut-être qu'un *rémora*, dit Léa. Nous, c'est le requin qui nous intéresse.
Cet échange discret d'achat de drogue fut le seul de la soirée. De nouvelles infos, récoltées par leurs indics, leur signalaient un autre endroit, sur une petite place mal éclairée, en pleine ville. Elles firent de nouvelles planques nocturnes à l'endroit indiqué, qui, au bout de quelques soirs, se révélèrent fructueuses. En effet, le même dealer que dans le parc attendait, planqué dans une porte cochère à quelques mètres d'un lampadaire grésillant. Le luminaire révélait sa présence par intermittences. Une personne qui venait d'arriver, se mit sous la lumière blafarde et semblait attendre. Quelques instants après, le dealer sortit de l'ombre pour effectuer une transaction. Le client servi, il régla et disparut comme il était venu. Après plusieurs échanges, le dealer

s'évanouit à son tour, sans doute pour aller se réapprovisionner. Le manège continua pendant plusieurs longues minutes et soudain, le dealer téléphona. Quelques instants plus tard, un autre individu vint rejoindre le rejoindre tapi dans l'ombre.
— Ce doit être un complice, dit Maria.
— On va demander du renfort avant d'intervenir, proposa Léa.
— Tu penses que c'est vraiment nécessaire ? dit Maria. Ils ne sont que deux, et probablement pas armés.
— Je préfère demander quelques hommes de plus, car je n'ai vraiment pas envie de prendre le risque de me retrouver à nouveau à l'hôpital, tu comprends ?
Maria acquiesça.
— Oui, bien sûr. Je te comprends, Léa.
Léa parla doucement dans son téléphone.
— Ici le lieutenant Dauteuil, il me faudrait quelques hommes en appui pour bloquer les deux rues conduisant à la place Henri Dunant. Nous sommes en présence de deux dealers qui se trouvent à cet endroit.
— Ok. Nous sommes quatre hommes d'astreinte. Le temps de les appeler et nous serons sur place dans une petite demi-heure.
— Ok. Dépêchez-vous !
— Bien reçu, lieutenant.
Effectivement, au bout de vingt minutes, une voix se fit entendre dans l'oreillette.
— Nous sommes en place lieutenant. Deux dans chaque rue donnant sur la place Henri-Dunant.
— Ok. On va pouvoir intervenir, mais seulement à mon signal.

— Ok. Nous sommes prêts. Nous attendons vos ordres.
Léa attendait qu'il y ait une transaction importante en cours pour les prendre en flagrant délit. Et elle donna le signal.
— À tous… On y va !
Léa et Maria sortirent de leur voiture, pistolet à la main et brassard au bras, en fonçant sur les suspects.
— Police ! Rendez-vous, vous êtes cernés !
Les policiers fondirent sur eux en même temps, ne leur laissant aucune chance de s'échapper. À la vue des policiers qui s'avançaient leurs armes pointées vers eux, les dealers et les clients essayèrent de fuir par les rues adjacentes où les attendaient les hommes de l'équipe des stups. Ils n'opposèrent aucune résistance et levèrent les mains, rapidement ornées de jolis bracelets métalliques. Les policiers emmenèrent les deux trafiquants dans une voiture et les clients dans une autre, direction le commissariat.

Dans la salle d'interrogatoire, Léa se retrouva en face des deux dealers.
— Alors messieurs, qui va commencer ?
Aucun des deux n'ouvrit la bouche, bien sûr. Ils se regardaient intensément.
— Bon, alors… Mathieu Delorme, on se connait non ? Vous avez déjà fait quelques bêtises qui vous ont valu d'être fiché chez nous. Que faisiez-vous à la place Henri-Dunant cette nuit ?
— On prenait l'air, madame.
— Et vous avez eu pas mal de visites, me semble-t-il.

— Des gens qui demandaient l'heure, et d'autres qui étaient perdus. On n'a fait qu'aider notre prochain, madame.

Léa avait du mal à garder son sérieux à l'écoute de ces excuses fantaisistes. Puis elle reprit un air plus grave.

— Se payer ma tête est un luxe que vous ne pouvez pas vous permettre, messieurs. Réfléchissez bien avant de répondre. Que faisiez-vous sur la place Henri Dunant quand nous sommes intervenus, monsieur Thomas Duquesne ?

— Mathieu vous l'a dit, madame, on prenait l'air, c'est tout !

— Et tous ces gens qui sont venus vous voir, que voulaient-ils ?

— Pareil que Mathieu, madame.

— Si j'ai bien compris, il n'y a que Mathieu qui réfléchisse !

Léa fit signe à l'agent présent dans la pièce d'emmener Mathieu Delorme en cellule, en espérant que Thomas Duquesne devienne un peu plus bavard. Effectivement, Thomas, plus jeune que Mathieu, se mit à table et raconta les deals, le réapprovisionnement apporté à Mathieu, et l'endroit où était planquée la came.

— Ben voilà, on avance ! Nous allons vérifier tout ça et saisir votre stock, s'il est bien là où vous dites.

Les policiers trouvèrent bien le stock à l'endroit indiqué par Thomas. De la cocaïne, quelques amphétamines et du crystal. Ils saisirent tout comme pièces à conviction. Les deux hommes furent jugés pour trafic de stupéfiants et condamnés à de nombreuses années de prison. Les clients furent relâchés après les contrôles d'usage…

Léa fit le récit de cette interpellation dans les détails à Sam qui l'écoutait religieusement. Quand elle eut terminé, Sam lui parla avec malice.
— J'espère que la bande au grand complet est sous les verrous, maintenant ! Si c'est le cas, cela peut être bon pour votre avancement...
Léa sourit avec l'espoir qu'effectivement, elle passerait capitaine un jour.
— Oui, je pense qu'ils sont tous à l'ombre. Le trafic de drogue devrait cesser dans notre cité, afin qu'elle retrouve enfin son calme. Il ne devrait plus y avoir de risques.
— Jusqu'à la prochaine fois ! dit Sam.
— Non, croyez-moi, Sam, toute la bande du parc de la Tour est en prison, maintenant !
Léa sourit sans vraiment trop y croire. Le doute persistait toujours un peu...
— Bon, nous allons pouvoir revenir à notre affaire !
— Absolument ! dit Léa avec un fou rire.
Ils quittèrent le commissariat en même temps, ce qui était rare.

CHAPITRE XXXVII

Le lendemain, Sam arriva les traits tirés.
— Bonjour Sam. Nuit difficile ? Vous avez fait des folies de votre corps ?
— Vous n'allez pas me faire la morale ! Un peu de respect. N'oubliez pas que je pourrais être votre mère !
Léa lui lança un regard par-dessus ses lunettes avec un rire moqueur.
— J'ai du nouveau dans le meurtre d'Alex Danjou, l'homme extra-plat. Nous avons retrouvé la trace de sa femme, une certaine Marie Danjou, secrétaire de son état. Je lui ai téléphoné, mais le décès de son mari la laisse indifférente.
— Pensez à la convoquer rapidement.
— Elle est déjà là, Sam. Elle vous attend en salle d'interrogatoire.
— Et moi donc ! dit Sam en se levant, je pense que la conversation risque d'être enrichissante. Beau boulot, Léa !
Léa sourit à ces mots.
— Merci, Sam !
Sam entra dans la salle d'audition, suivi de Léa. Marie Danjou était assise à la table et Sam s'assit en face d'elle et Léa sur un coin de table.
— Bonjour madame Danjou. Je suis le commandant Karo, et voici le lieutenant Dauteuil. Mes sincères condoléances pour votre mari.
Marie Danjou ne réagit pas. Il lut rapidement les feuilles disposées devant lui.
— Vous êtes donc la femme d'Alexandre Danjou ?

— J'étais ! Je ne veux plus rien savoir de lui. Il y a dix ans qu'il est absent, m'a laissé seule avec deux enfants. Maintenant qu'il est définitivement mort, je ne vais pas verser de larmes.
— Il est parti subitement ?
— Du jour au lendemain, sans prévenir. Comme il rentrait souvent très tard après ses interminables parties de poker, j'ai mis les enfants au lit et je me suis couchée sans l'attendre. Le matin, au réveil, j'étais seule dans le lit. Et cela fait plus de dix ans. J'ai dû inventer des tas de mensonges pour répondre aux enfants qui me demandaient où était leur père.
— Quelles sont les raisons, d'après vous, qui auraient pu le pousser à vous quitter si subitement ? demanda Léa.
— À vrai dire, je n'en sais rien ! Il trainait toujours avec la même bande. Ils ont dû lui monter le bourrichon.
— Comment ça ?
— Ben oui, ils rêvaient de toucher le jackpot, comme ils disaient, pour changer de vie. Cette bande d'incapables a dû finalement y arriver, à toucher le gros lot, et à se tirer.
Marie se calma un petit peu et changea de ton.
— Je le laissais jouer avec ses amis, car je pensais naïvement que s'il décrochait le pactole, je ferais partie de cette nouvelle vie avec nos enfants. Mais non, il a dû me remplacer rapidement. C'est toujours plus facile d'attirer les filles quand on a beaucoup d'argent !
— Connaissez-vous un certain Jules Sorel ?
— Non, ce nom ne me dit rien. Ça devrait ?
— C'est peut-être un des amis de jeu d'Alex ? demanda Sam.

— Je ne sais pas, je ne connais pas les autres joueurs.
Sam et Léa observaient Marie Danjou.
— Moi, je pense que vous le connaissez.
— Puisque je vous dis que non !
Les regards se croisaient.
— Et Agnès Sorel, vous la connaissez ?
— Non plus.
— Eh bien moi, je pense que si. La confrontation va nous éclairer.
Sam prit le téléphone.
— Faites venir Agnès Sorel. Merci.
Marie avait un regard inquiet, elle devint nerveuse. Elle eut de légers tremblements dans les mains quand Agnès Sorel entra dans la pièce. Les deux femmes s'évitaient du regard.
— Je ne vous présente pas, je suppose ? lança Sam.
— Je ne connais pas cette personne, affirma Agnès Sorel froidement.
— J'ai déjà entendu cette musique. Bon ! Pour ma part, cela me parait impossible que vous ne vous connaissiez pas.
— Prouvez-le !
— J'y arrive, répondit Sam sans se démonter. Jules Sorel, Alexandre Danjou ainsi que deux autres hommes sont arrivés ensemble des Bahamas il y a quelques mois. Si Sorel et Danjou se connaissaient, il y a fort à parier que leurs femmes aussi. Reste à savoir comment vous avez appris le retour de vos hommes, et comment ils sont passés de vie à trépas. Et surtout qui leur a donné un coup de pouce. Je soupçonne une connivence entre vous mesdames.

— Vous avez l'imagination fertile ! Vous n'avez rien. Vous bluffez, dit Marie.
Sam s'adressa à Agnès Sorel.
— Madame Sorel a tué son mari par le biais de Lydia, dont elle s'est servie pour arriver jusqu'à lui. Elle l'a ensuite supprimée pour qu'on ne puisse pas remonter jusqu'à elle.
Sam regardait maintenant Marie.
— Marie Danjou, apprenant le départ d'Alex le lendemain, vous avez scié un maillon de la chaine qui arrimait le chargement de grumes en sachant très bien qu'elle allait céder rapidement.
— Écrasé par les troncs, il était tellement plat qu'on aurait pu le faxer, rajouta Léa.
Sam adressa un regard dépité à Léa.
— Nous avons eu, par un de nos indics, des renseignements sur ce tripot qu'ils fréquentaient souvent tous les quatre. Nous avons eu confirmation de cette fortune gagnée ce soir-là, puis de leur disparition. Plus de nouvelles depuis.
— Et pour cause, confirma Léa ! Nos quatre lascars sont partis sans laisser d'adresse, direction les Bahamas. Ils avaient de quoi vivre jusqu'à la fin de leurs jours.
— Sauf qu'un grain de sable est venu enrayer cette belle mécanique et contrarier leurs projets. Ils ont continué à jouer au poker, mais sont tombés sur plus fort qu'eux. Endettés et menacés, ils sont rentrés en France les poches vides.
— Et ils sont revenus pour se refaire une santé… financière !
— Pour la santé financière, ils n'ont pas eu le temps de remonter la pente.

— Pour la santé physique, ils l'ont plutôt descendue.
Les officiers et les deux femmes s'observaient sans mot dire.
— Nous allons vous laisser, Mesdames, vous avez certainement beaucoup de choses à vous dire…
— Je ne connais pas cette femme, dit Marie.
Léa reprit une nouvelle salve de questions.
— Vous non plus, ne la connaissez pas, je suppose, madame Sorel ?
— Non. Je vous l'ai déjà dit.
Sam Karo se leva en faisant signe à Léa de le suivre.
— Bon, on va vous laisser faire connaissance un moment. Je suis sûr que vous allez vous trouver des points communs, dit Sam avec un petit sourire.
Sam et Léa sortirent de la pièce en faisant entrer un agent pour surveiller les deux femmes.

Sam et Léa se trouvaient derrière la vitre sans tain pour observer les réactions des deux femmes.
— Vous croyez qu'elles vont craquer, Sam ?
— Je parie sur Marie. Elle semble très fragile. La tension est trop forte pour elle. Vous avez remarqué ses petits tremblements quand Agnès est entrée dans la pièce ?
— Oui. C'est vrai qu'Agnès est une femme de tête.
— Laissons-les mijoter et prenons un petit café en attendant.
— Bonne idée ! Je vous suis.
Ils se dirigèrent vers la machine à café. Sam mit une pièce et appuya sur un bouton.
— Petit noir sans sucre ?
— Oui, merci.

Il tendit le gobelet à Léa. Sam se fit un autre café en commentant ses gestes.
— Petit noir, avec sucre.
— Vous ne savez pas que le café sans sucre rend beau ?
— Si, mais je suis déjà beau comme un dieu !
Ils retournèrent derrière la vitre sans tain en riant de la vanne de Sam et en essayant de retrouver leur sérieux.

Dans la salle d'interrogation, les deux femmes se regardaient. La tension était perceptible. Agnès avait le visage fermé et ne laissait rien paraitre. Marie était au bord des larmes. Le dialogue se faisait uniquement avec les yeux et les expressions des visages. Agnès voyait bien que Marie était en train de craquer. Son regard suppliant mit Agnès hors d'elle.
— Tais-toi, je t'en supplie, tais-toi ! dit Agnès Sorel.
— Je n'y arriverai pas !
— Il le faut. Tu veux finir ta vie en prison ?
— Non.
— Alors, silence !

—

Marie Danjou n'avait pas rencontré Alexandre ; c'est lui qui avait rencontré Marie. Lui, le grand baraqué, tatoué, était tombé sous le charme de Marie, sa petite femme de poche, comme il l'appelait, tant elle était menue. Quand Alex se rendait au bureau de l'entreprise où travaillait Marie, il devait souvent attendre son tour pour obtenir les bordereaux de livraison qu'elle était chargée de préparer pour les chauffeurs. Il profitait de cette attente sou-

vent répétée pour l'observer en train de se débattre avec sa paperasse. Une fois, son tour arrivé, il osa un jour l'inviter à prendre un verre, ce qu'elle accepta avec un grand sourire. Bien que leur différence d'âge l'effrayât un peu au début, les barrières tombèrent assez vite et leur couple se forma sans arrière-pensées liées à ce petit détail. Et ce fut le début de leur histoire qui se termina par un mariage et deux enfants.

Sam et Léa firent irruption dans la pièce. Sam lança la première salve.
— Alors, on se tutoie déjà ?
— Nous n'avons rien à vous dire, répondit Agnès Sorel.
Il s'adressa à Marie Danjou.
— Et vous ? Rien à dire non plus ?
Marie s'effondra en larmes. Elle regarda Agnès d'un air suppliant.
— Non, tu ne dois pas, tu m'avais promis, lui lança Agnès.
Sam fit signe à un policier d'emmener Agnès Sorel hors de la salle. Une fois seule, Marie se mit à parler, des larmes dans les yeux et des sanglots dans la voix.
— Agnès m'a téléphoné pour me dire qu'elle avait vu Charles près du canal, à la recherche de Lydia avec laquelle elle courait et faisait occasionnellement quelques passes. Elle lui a appris qu'ils étaient revenus tous les quatre, fauchés, et qu'ils préparaient un nouveau coup. Amanda, une amie d'Agnès qui fait partie du personnel au sol de l'aéroport, l'avait déjà prévenue de leur retour, mais elle ne savait pas où ils se cachaient. Elle m'a rappelé le serment que nous avions fait quand nous nous étions retrouvées seules.

— C'est-à-dire ? questionna Léa.
— De nous venger s'ils revenaient un jour. Cela prendra le temps qu'il faudra, mais nous aurons notre vengeance. Je sais bien que la vengeance n'apaise pas tout, mais dans notre cas, elle était vraiment nécessaire.
Léa accusa le coup et lui tendit une feuille et un stylo.
— Il doit y avoir deux autres femmes, si j'ai bien suivi. Leurs noms, adresses et numéros de téléphone.
Marie prit le stylo, commença à écrire, puis elle perdit connaissance en tombant de sa chaise.
— Et merde ! dit Sam, il ne manquait plus que ça.
Sam appela le planton qui arriva en courant.
— Appeler un médecin, vite !
Le policier s'exécuta.
— Elle a eu trop d'émotions aujourd'hui, dit Léa.
— Oui. Là, je crois qu'elle a sa dose.
— Surdose, plutôt !
Le médecin arriva rapidement et l'ausculta.
— Que s'est-il passé, exactement ?
— On l'a interrogée, elle allait nous donner les coordonnées de deux autres femmes que nous recherchons, et elle s'est écroulée.
— Je vais lui injecter un analeptique et elle sera vite sur pied.
— Merci, toubib, dit Sam. Ce n'est pas grave, alors ?
— Ne vous inquiétez pas. Évitez de la torturer pendant quelques heures, et tout ira bien.
Sam eut un sourire grimaçant. Il retourna dans son bureau avec Léa pendant que le planton recouvrait Marie d'une couverture.

Marie ayant retrouvé ses esprits, elle leur donna les noms et les coordonnées des deux autres femmes. Avec ces nouveaux renseignements, Sam et Léa ne tardèrent pas à retrouver la trace d'Isabelle Meunier et de Jeanne Beauvais qui se trouvaient en salle d'interrogation à tour de rôle. Sam l'informa qu'Agnès Sorel et Marie Danjou avaient déjà avoué.
— Madame Meunier, si vous ne coopérez pas plus avec nous, votre sort sera peu enviable, expliqua Sam. On peut vous inculper pour le meurtre de Charles Bavière.
— Je n'y suis pour rien ! Je ne savais même pas qu'il était revenu, ce lâche.
— Bizarre, dit Léa ! J'ai déjà entendu ça.
— Puisque je vous le jure !
— Mais oui, mais oui, vous avez raison Léa. Rappelez-moi votre profession, madame Meunier ?
— Pharmacienne. Mais... je ne vois pas le rapport.
— Moi, si. Il est très facile pour une pharmacienne de se procurer des baies de belladone. Et vous connaissez tous les effets de ce poison violent. On en trouve aussi facilement en officine sous forme de gouttes, mais abondamment en forêt, surtout en cette saison.
Isabelle Meunier fit l'étonnée.
— Pourquoi la belladone ?
— Parce que votre compagnon a été empoisonné à la belladone avant d'être jeté dans le canal.
— Je ne l'ai pas tué, je vous dis. Et en plus, je n'aurai jamais pu le transporter. Vous avez vu mon gabarit ?
— Mais peut-être n'étiez-vous pas seule ? À deux, un corps est moins lourd, non ?
— Pourquoi l'aurais-je tué ?

— C'est simple, dit Léa. Par vengeance.
— Ce n'est pas mon genre. Je laisse la vengeance aux faibles d'esprit.
— Vous êtes de celles qui pardonnent ?
— Non, de celles qui oublient.
Sam Karo mit fin momentanément aux questions. Nous reprendrons cet interrogatoire plus tard. Isabelle Meunier se leva et un policier entra et la menotta pour l'extraire de la pièce.
— Merci de faire entrer Jeanne Beauvais, s'il vous plait.
Le policier acquiesça et emmena Isabelle.
— Elle a l'air solide, Sam.
— Elle en a l'air, oui.

—

Isabelle Meunier croisait souvent Charles Bavière dans l'officine où elle travaillait comme pharmacienne. Au début, il passait à la pharmacie pour son traitement contre l'asthme, mais au fur et à mesure que leurs regards s'accrochaient, il passait prendre des médicaments dont il n'avait absolument pas besoin, juste un prétexte pour voir et revoir Isabelle dont il était tombé follement amoureux. Leur histoire était belle et simple, même si Isabelle avait compris rapidement l'addiction au poker de Charles. Elle pensait que chacun devait garder son petit jardin secret, et elle acceptait qu'il rentre à pas d'heure en espérant qu'une fois au moins, il gagne suffisamment pour qu'ils puissent changer de vie un jour.

Jeanne Beauvais entra dans la salle d'audition et Léa lui fit signe de s'asseoir. Le policier lui enleva les menottes

avant de ressortir. Sam était encore chaud et il commença à la questionner.
— Nous vous écoutons, madame Beauvais.
— À quel propos ?
— Au sujet du meurtre de votre compagnon, David Pallas.
Un peu désemparée, elle parla rapidement.
— Mais... c'était un accident, pas un meurtre ! Je vous jure !
— Votre version des faits ne correspond pas tout à fait à la nôtre.
Jeanne haussa les épaules.
— Nous savons...
— Vous ne savez rien, puisque je vous dis que c'était un accident !
Léa reprit les commandes de l'interrogatoire.
— Nous savons que tout cela n'était qu'une sordide vengeance envers un homme qui vous a abandonnée voilà une dizaine d'années.
Sam et Léa regardaient Jeanne. Ils lui expliquèrent que Marie, Isabelle et Agnès avaient parlé de leur promesse. Elle les regarda tous les deux et ne voyant plus d'issue au bout d'un long silence, elle acquiesça et passa aux aveux.
— C'est Agnès qui a prévenu les autres. Nous avions un pacte. Nous avons donc décidé que chacune s'occuperait de son homme. Isabelle a empoisonné Charles à la belladone. C'est moi qui l'ai aidé à se débarrasser du corps. Il a succombé pendant la prière en souffrant terriblement. Il s'était converti à l'islam.
— Ah ! Eh bien voilà l'explication des pieds nus ! dit Sam. Et c'est aussi pour cette raison que j'ai aperçu un

coran à côté d'une bible sur une étagère lors de ma perquisition dans son appartement. À ce moment-là, je n'avais pas fait le rapprochement. Il est vrai que beaucoup de gens ont acheté un coran après les premiers attentats djihadistes, pour essayer de comprendre, de démêler le vrai du faux.
— Oui, c'est vrai. Mais Charles est allé jusqu'à la conversion.
Sam Karo demanda à Jeanne Beauvais de poursuivre.
— Continuez, je vous en prie.
— Marie a eu l'idée de saboter la chaine qui fixait les grumes, pour qu'Alex meure sous son chargement.
— Et Agnès ?
— Elle a retrouvé la trace de Jules par le biais de Nelly.
— Nelly ?
— Oui, Nelly Malot, la secrétaire de Galland. Elles sont amies depuis le lycée. C'est Agnès qui a saboté la rambarde de sécurité en la sciant jusqu'à la moitié. Quand Jules s'est appuyé dessus, elle a cédé. Et il a fait le grand saut. Cette fois, il ne reviendra plus, a-t-elle ajouté.
— Et pour votre compagnon ?
— Comme je travaille également à l'hôpital public comme aide-soignante, mais dans un autre service, je me suis arrangée pour qu'il m'aperçoive, et me suive. Je me suis arrangée avec une amie qui gère le planning pour me faire une fiche d'absence, qui me servirait d'alibi pour ce jour-là. Je me suis engouffrée dans une aile de l'hôpital. À l'intérieur, je me suis mise à courir, David toujours à mes trousses... Au bout du couloir, j'ai pris la porte que je savais ne donnant sur rien. Une anomalie de l'immeuble. L'escalier de secours qui devait

être installé à l'extérieur n'était toujours pas construit. Quand David est arrivé près de la porte, je l'ai ouverte brutalement. Il s'est fait surprendre dans son élan et a plongé dans le vide pour venir s'empaler sur la grille.
— Comment se fait-il que nous ne vous ayons pas trouvée dans ce couloir ? Le personnel présent aurait dû vous apercevoir !
Jeanne Beauvais reprit son souffle et continuait à raconter son histoire.
— Après, je me suis réfugiée rapidement dans la lingerie où l'on stocke le linge sale.
— Mais... c'est la pièce où je suis entré pour inspecter les lieux !
— Oui, mais j'étais bien cachée. Et quand je vous ai vu entrer dans la pièce, j'ai bloqué ma respiration le temps de votre brève présence, afin que vous ne me trouviez pas.
— Et cela a fonctionné ! Il faut dire aussi que je ne me suis pas attardé, au vu de l'odeur insupportable.
— Et vous êtes passé très près de moi...
— Je vous ai peut-être raté de peu, mais je me suis rattrapé, vu votre présence aujourd'hui. Les enquêtes que nous menons sont un travail de patience, et on arrive toujours à nos fins. La preuve !
Léa sourit. Jeanne fit face à Sam et Léa d'un air suppliant.
— Il le fallait, vous comprenez ? Il le fallait, dit-elle pendant qu'un policier l'emmenait. Ils nous ont fait trop de mal. Ils devaient payer.
Sam Karo exulta à la fin de tous ces aveux.

— Je savais qu'il y avait un lien entre elles ! Je le savais ! Le lien des cartes ! Au carré de rois correspond un carré de dames ! Forcément !
Léa s'interrogea :
— Forcément ?
— Absolument ! répondit Sam, ravi de son effet de manche.
Sam acquiesça en silence. Jeanne sortit menottée accompagnée par le policier.

—

Jeanne Beauvais comme aide-soignante, voyait David Pallas l'ambulancier très souvent, car ils étaient tous deux employés dans le même hôpital public. Ils étaient jeunes mais travaillaient beaucoup et leurs journées étaient bien remplies. Ils étaient épuisés moralement et physiquement. Malgré cela, un jour où David amena un patient sur une civière, il frôla la main de Jeanne qui ressentit comme une décharge électrique : ce fut un joli coup de foudre. Ils avaient choisi de ne pas vivre sous le même toit afin que chacun puisse garder son indépendance. Sage précaution, qui ne les empêcha pas d'être heureux pendant plusieurs années avant que cela se termine mal avec la fuite de David, sans aucune explication.

CHAPITRE XXXVIII

De retour dans leur bureau, Léa philosopha un peu avec Sam.
— Vous pensez qu'elles auront la conscience tranquille, maintenant qu'elles se sont vengées ? Qu'elles pourront vivre en paix avec elles-mêmes ?
— Elles auront tout le temps de méditer ça en prison.
— Dire qu'elles ont fêté la mort de leurs conjoints au Champagne !
— Je crois qu'il va falloir qu'elles se passent de bulles pendant un bon moment. Bon, je vais appeler le proc'.

Sam téléphona au procureur pour lui raconter toute cette histoire, et qu'il avait suffisamment de preuves et d'aveux pour que les quatre femmes restent à l'ombre pendant plusieurs années.
— Beau travail ! Je vous félicite, ainsi que Léa.
— Merci monsieur le procureur, je transmettrai.
En raccrochant, Sam s'adressa à Léa.
— Le proc' nous félicite tous les deux pour ce beau boulot.
— Il n'a pas parlé d'augmentation, par hasard ?
— On peut toujours rêver !
Ils se regardaient en se souriant.

— Au fait, Sam, je voulais vous dire : j'ai repris contact avec l'enquêteur qui s'est occupé de l'accident de mes parents et j'ai du nouveau. Il a accepté de poursuivre cette enquête discrètement, car elle est classée sans suite. Comme moi, il ne supporte pas qu'un conducteur

responsable de la mort de deux personnes puisse échapper à la justice.
— Intéressant ! Je vous écoute, Léa.
— En coordonnant leurs efforts avec la gendarmerie, et malgré la description assez floue du témoin, il a réussi à remonter jusqu'au propriétaire de la voiture responsable. Après une course-poursuite avec la police, il a raté un virage et a foncé dans un arbre. Il est malheureusement décédé dans cet accident… de voiture !
— La boucle est bouclée. Votre mission est accomplie, alors…
— Oui, mais c'est frustrant de savoir qu'il ne pourra jamais être condamné et jugé pour ce qu'il a fait.
— Oui, bien sûr ! Mais malgré cela, vous êtes tout de même soulagée maintenant et vous pourrez vivre sereinement.
— Je vais essayer d'y arriver, oui…
— Je suis sûr qu'avec le temps les souvenirs s'effacent.
Léa regarda Sam, avec une expression de remerciement dans les yeux pour sa compassion. Après un petit moment pour se remettre de ces émotions, Sam fit une remarque à Léa.
— Vous n'avez pas encore ouvert votre courrier ?
Léa s'aperçut qu'une enveloppe était effectivement posée sur son bureau.
— Qu'est-ce que c'est ?
— Ouvrez, vous verrez bien, dit-il sourire aux lèvres.
Léa vit une enveloppe avec en-tête tricolore et l'ouvrit fiévreusement. Elle en extirpa la lettre, la déplia en frémissant. Elle la lut un moment avant d'afficher un grand sourire.

— C'est ma nomination au grade de capitaine, Sam ! C'est génial !
— C'est surtout mérité, capitaine Dauteuil, dit Sam avec un sourire.
— Je vous offre un verre, Sam, c'est le minimum que je puisse faire !
— Avec plaisir, Léa, allons-y.
Ils sortirent pour aller fêter la nomination de Léa autour d'un ou plusieurs verres...

CHAPITRE XXXIX

Le lendemain, Sam et Léa étaient assis sur un banc du parc. Sam entama la conversation.
— Nous avons réussi à boucler cette affaire et vous avez stoppé le trafic de drogue de la ville, beau bilan, non ?
— Oui, c'est une vraie réussite. Avec les aveux de Jeanne Beauvais, Isabelle Meunier et Marie Danjou, et le Walter PPK 9 mm retrouvé chez Agnès Sorel avec ses empreintes, nous avons pu boucler cette affaire... avec cinq cadavres, tout de même !
— Oui, cela fait beaucoup de morts...
— Oui, vous avez raison Léa.
Sam reprit un peu ses esprits.
— Mais je vais pouvoir enfin y aller !
— Où ça ?
— En vacances, pardi !
— Vous pensez que vous les méritez ?
— Absolument !
Les deux policiers rirent de bon cœur avec toute la satisfaction du travail accompli.
Ils eurent à peine le temps de savourer leur satisfaction d'avoir bien fait leur travail que le portable de Sam sonna. Il décrocha et Léa, dans toute sa discrétion, s'éloigna un peu pour ne pas entendre la conversation. Sam raccrocha avec un grand sourire.
— Bonne nouvelle, Sam ?
— Oui, c'était mon fils. Il souhaite me rencontrer !
Un large sourire illumina leurs visages.